Doidas e Santas

Livros da autora publicados pela **L&PM** EDITORES:

Cartas extraviadas e outros poemas – Poesia
A claridade lá fora – Romance
Coisas da vida – Crônicas
Comigo na livraria – Crônicas
Comigo no cinema – Crônicas
Conversa na sala – Crônicas
Divã – Romance
Doidas e santas – Crônicas
Felicidade crônica – Crônicas
Feliz por nada – Crônicas
Fora de mim – Romance
A graça da coisa – Crônicas
Liberdade crônica – Crônicas
Um lugar na janela – Crônicas de viagem
Um lugar na janela 2 – Crônicas de viagem
Um lugar na janela 3 – Crônicas de viagem
Martha Medeiros: 3 em 1 – Crônicas
Montanha-russa – Crônicas
Noite em claro – Novela
Noite em claro noite adentro – Novela e poesia
Non-stop – Crônicas
Paixão crônica – Crônicas
Poesia reunida – Poesia
Quem diria que viver ia dar nisso – Crônicas
Simples assim – Crônicas
Topless – Crônicas
Trem-bala – Crônicas

Martha Medeiros

Doidas e Santas

www.lpm.com.br
L&PM POCKET

Coleção **L&PM** POCKET, vol. 1392

Texto de acordo com a nova ortografia.
As crônicas deste livro foram originalmente publicadas nos jornais *O Globo* e *Zero Hora*.

Este livro foi publicado em primeira edição pela L&PM Editores, em formato 14x21 cm, em 2008
Primeira edição na Coleção **L&PM** POCKET: agosto de 2025

Capa: Marco Cena
Revisão: Jó Saldanha e Patrícia Rocha

CIP-Brasil. Catalogação na fonte
Sindicato Nacional dos Editores de Livros, RJ

M438d

Medeiros, Martha, 1961-
Doidas e santas / Martha Medeiros. – Porto Alegre, RS: L&PM, 2025.
256p. ; 18 cm (Coleção L&PM POCKET, v. 1392)

ISBN 978-65-5666-597-9

1. Crônica brasileira. I. Título. II. Série.

08-3149. CDD: 869.98
CDU: 821.134.3(81)-8

Rua Comendador Coruja, 314, loja 9 – Floresta – 90.220-180
Porto Alegre – RS – Brasil / Fone: 51.3225.5777

Pedidos & Depto. Comercial: vendas@lpm.com.br
Fale conosco: info@lpm.com.br
www.lpm.com.br

Impresso no Brasil
Inverno de 2025

SUMÁRIO

VENENO ANTIMONOTONIA

Falcatruas, alagamentos, violência urbana. Eu colocaria mais uma coisinha nessa lista de pequenas tragédias com que somos brindados diariamente: o tédio. A cada manhã, abrimos os jornais e é a mesma indecência política. Nas ruas, perdemos tempo com os mesmos engarrafamentos. Escutamos as mesmas queixas no local de trabalho. É sempre o mesmo, o mesmo. Como é bom quando algo nos surpreende.

Para quem vive na opressiva e cinzenta São Paulo, a novidade atende pelo nome de Cow Parade, a exposição ao ar livre de 150 esculturas em forma de vaca, em tamanho natural, feitas de fibra de vidro e decoradas com muita cor e insanidade por artistas plásticos, diretores de arte, designers e cartunistas. Um nonsense mais que bem-vindo, uma intervenção no nosso olhar acostumado. Espalhadas por ruas, praças, nos lugares mais inesperados, lá estão elas, vacas enormes, vacas profanas, vacas insólitas. Para quê? Para nada de especial, apenas para espantar o tédio, inspirar loucuras, lembrar que as coisas não precisam ser sempre iguais. Havia uma vaca no meio do caminho, no meio do caminho havia uma vaca. É poesia também.

Falando em poesia, há sempre uma nova e heroica coletânea sendo lançada no mercado editorial, tentando atrair aqueles leitores que evitam qualquer coisa que rime. Desta vez, não é coletânea de mulheres poetas ou de poetas do terceiro mundo, essas cortesias que nos fazem. Finalmente, o humor e a leveza baixaram no reino dos versos. O livro chama-se *Veneno antimonotonia* e traz o subtítulo: *Os melhores poemas e canções contra o tédio*. Organizado por Eucanaã Ferraz, a antologia pretende combater o vazio, o medo, a falta de imaginação. É um convite para a vida, e um convite feito através das palavras de Drummond, Chico Buarque, Antônio Cícero, Ferreira Gullar, Adriana Calcanhotto, Armando Freitas Filho, Vinicius de Moraes, Caetano Veloso, João Cabral de Melo Neto e outros ilustres, sem faltar Cazuza, claro, cuja canção "Todo amor que houver nesta vida" – uma das minhas letras preferidas – inspirou o título da obra.

Até hoje, pergunta-se: para que serve a arte, para que serve a poesia?

Intelectuais se aprumam, pigarreiam e começam a responder dizendo "Veja bem..." e daí em diante é um blá-blá-blá teórico que tenta explicar o inexplicável. Poesia serve exatamente para a mesma coisa que serve uma vaca no meio da calçada de uma agitada metrópole. Para alterar o curso do seu andar, para interromper um hábito, para evitar repetições, para provocar um estranhamento, para alegrar o seu dia, para fazê-lo pensar, para resgatá-lo do inferno que é viver todo santo dia sem nenhum assombro, sem nenhum encantamento.

2 de outubro de 2005

FAXINA GERAL

Há muitas coisas boas em se mudar de casa ou apartamento. Em princípio, toda e qualquer mudança é um avanço, um passo à frente, uma ousadia que nos concedemos, nós que tememos tanto o desconhecido. Mudar de endereço, no entanto, traz um benefício extra. Você pode estar se mudando porque agora tem condições de morar melhor, ou, ao contrário, porque está sem condições de manter o que possui e necessita ir para um lugar menor. Em qualquer dos dois casos, de uma coisa ninguém escapa: é hora de jogar muita tralha fora. E, se avaliarmos a situação sem meter o coração no meio, chegaremos a um previsível diagnóstico: quase tudo que guardamos é tralha.

Começando pelo segundo caso, o de você estar indo para um lugar menor. Salve! Considere isso uma simplificação da vida, e não um passo atrás. Não haverá espaço para guardar todos os seus móveis e badulaques. Se você for muito sentimental, vai doer um pouquinho. Mas não é crime ser racional: olhe que oportunidade de ouro para desfazer-se daquela estante enorme que ocupa todo o corredor, e também daquela sala de jantar de oito lugares que você só usa em meia dúzia de ocasiões especiais, já que faz as refeições do dia a dia na copa. Para que tantas poltronas gordas, tanta mobília herdada, tantos quadros que, pensando bem, nem bonitos são? Xô! Leve com você apenas o que combina e cabe na sua nova etapa de vida. O que sobrar, venda, ou melhor ainda: doe. Você vai se sentir como se tivesse feito o regime das nove luas, a dieta do leite azedo, ou seja lá o que estiver na moda hoje para emagrecer.

No caso de você estar indo para um lugar maior, vale o mesmo. Aproveite a chance espetacular que a vida está lhe dando para exercitar o desapego. Para que iniciar vida nova com coisa velha? Ok, você foi a fundo de caixa e não sobrou nada para a decoração, compreende-se. Pois leve seu fogão, sua geladeira, sua cama, seu sofá e o imprescindível para não dormir no chão. Pra começar, isso basta. Coragem: é hora de passar adiante todas as roupas que você pensa que vai usar um dia, sabendo que não vai. Hora de botar no lixo todas as panelas sem cabo, os tapetes desfiados, as almofadas com rombos, os discos arranhados, as plantas semimortas, aquela lixeira medonha do banheiro, os copos trincados, os guias telefônicos de três anos atrás, todas as flores artificiais, as revistas empoeiradas que você coleciona, a máquina de escrever guardada no baú, o aquário vazio e o violão com duas cordas. Tudo isso e mais o que você esconde no armário da dependência de serviço. Vamos lá, seja homem.

Caso você não esteja de mudança marcada, invente outra desculpa qualquer, mas livre-se você também da sua tralha. Poucas experiências são tão transcendentais como deixar nossas tranqueiras pra trás.

9 de outubro de 2005

CASAMENTO ABERTO

Andou circulando pela internet um texto creditado a Danielle Mitterrand, viúva do ex-presidente francês François Mitterrand. Pelo teor, acredito que seja mesmo de sua autoria. Quando permitiu que a amante e a filha que ele teve fora do casamento comparecessem aos funerais, Danielle comprou uma briga com a ala mais conservadora da sociedade francesa. Agora está se defendendo com uma reflexão que serve para todos nós.

É sabido que a instituição casamento vem se descredibilizando com o passar do tempo. Hoje, uma relação que dura vinte anos já é candidata a entrar para o Guinness. Li outro dia uma pesquisa sobre os casais mais "divorciáveis" da atualidade. A tal Paris Hilton era a mais cotada para se separar no primeiro ano de matrimônio – erraram: nem chegou a haver casamento. E fora do mundo das celebridades não é muito diferente. Os pombinhos estão no altar, e os amigos, na igreja, já estão fazendo suas apostas para a duração do enlace. Todo mundo quer casar, adora a ideia, mas poucos ainda acreditam no felizes para sempre, e não porque sejam cínicos, mas porque conhecem bem o contrato que estão assinando: com exigência de exclusividade vitalícia, ou seja, ninguém entra, ninguém sai. Difícil achar que isso possa dar certo nos dias atuais.

O casamento vai acabar? Nunca, mas vai continuar a fazer muita gente sofrer se não entrarem cláusulas novas nesse contrato e se as cabeças não se arejarem. Danielle Mitterrand diz o seguinte: "Achar que somos feitos para um único e fiel amor é hipocrisia, conformismo. É preciso admitir docemente que um ser humano é capaz de amar apaixonadamente alguém e depois, com o passar dos anos, amar de forma diferente." E termina citando sua conterrânea, Simone de Beauvoir: "Temos amores necessários e amores contingentes ao longo da vida".

Estamos falando de casamento aberto, sim, mas não desse casamento escancarado e vulgar, em que todos se expõem, se machucam e acabam ainda mais frustrados. Casamento aberto é outra coisa, e pode inclusive ser monogâmico e muito feliz. A abertura é mental, não precisa ser sexual. É entender que com possessão não se chegará muito longe. É amar o outro nas suas fragilidades e incertezas. É aceitar que uma união é para trazer alegria e cumplicidade, e não sufocamento e repressão. É ter noção de que a cada idade estamos um pouquinho transformados, com anseios e expectativas bem diferentes dos que tínhamos quando casamos, e quem nos ama de verdade vai procurar entender isso, e não lutar contra. Sendo aberto nesse sentido, o casal construirá uma relação que seja plena e feliz para eles mesmos, e não para a torcida. E o que eles sofrerem, aceitarem, negociarem ou rejeitarem terá como único intento o crescimento de ambos como seres individuais que são.

Enquanto não renovarmos nossa ideia de romantismo, continuaremos a bagunçar aquilo que foi feito apenas para dar prazer: duas pessoas vivendo juntas. Eu não conheço nada mais difícil, mas também nada mais bonito. E a beleza nunca está nas mesquinharias e infantilidades. A beleza está sempre um degrau acima.

16 de outubro de 2005

OBRIGADA POR INSISTIR

Até o mais seguro dos homens e a mais confiante das mulheres já passaram por um momento de hesitação, por dúvidas enormes e também dúvidas mirins, que talvez nem merecessem ser chamadas de dúvidas, de tão pequenas. Vacilos, seria melhor dizer. Devo ir a esse jantar, mesmo sabendo que a dona da casa não me conhece bem? Será que tiro o dinheiro do banco e invisto nessa loucura? Devo mandar um e-mail pedindo desculpas pela minha negligência? Nessa hora, precisamos de um empurrãozinho. E é aos empurradores que dedico esta crônica, a todos aqueles que testemunham os titubeios alheios e dizem: vá em frente!

"Obrigada por insistir para que eu pintasse, escrevesse, atuasse, obrigada por perceber em mim um talento que minha autocrítica jamais permitiria que se desenvolvesse."

"Obrigada por insistir para que eu fosse visitar meu pai no hospital, eu não me perdoaria se não o tivesse visto e falado com ele uma última vez, eu não teria ido se continuasse sendo regido apenas pela minha teimosia e pelo meu orgulho."

"Obrigada por insistir para que eu conhecesse Veneza, do contrário eu ficaria para sempre fugindo de lugares turísticos e me considerando muito esperto e com isso teria deixado de conhecer a cidade mais surreal e encantadora que meus olhos já viram."

"Obrigada por insistir para que eu fizesse o exame médico, para que eu não fosse covarde diante das minhas fragilidades, só assim pude descobrir o que trago no corpo e tratá-lo a tempo. Não fosse por você, eu teria deixado este caroço crescer no meu pescoço e me engolir com medo e tudo."

"Obrigada por insistir para eu voltar pra você, para eu deixar de ser adolescente e aceitar uma vida a dois, uma família, uma serenidade que eu não suspeitava. Eu não sabia que amava tanto você e que havia lhe dado boas pistas sobre isso, como é que você soube antes de mim?"

"Obrigada por insistir para que eu deixasse você, para que eu fosse seguir minha vida, obrigada pela sua confiança de que seríamos melhores amigos do que amantes, eu estava presa a uma condição social que eu pensava que me favorecia, mas nada me favorece mais do que esta liberdade para a qual você, que me conhece melhor do que eu mesma, apresentou-me como saída."

"Obrigada por insistir para que eu não fosse àquela festa, eu não teria aguentado ver os dois juntos, eu não teria aturado, eu não evitaria outro escândalo, obrigada por ter ficado segurando minha mão e ter trancado minha porta."

"Obrigada por insistir para eu cortar o cabelo, obrigada por insistir para eu dançar com você, obrigada por insistir para eu voltar a estudar, obrigada por insistir para eu não tirar o bebê, obrigada por insistir para eu fazer aquele teste, obrigada por insistir para eu me tratar."

Em tempos em que quase ninguém se olha nos olhos, em que a maioria das pessoas pouco se interessa pelo que não lhes diz respeito, só mesmo agradecendo àqueles que percebem nossas descrenças, indecisões, suspeitas, tudo o que nos paralisa, e gastam um pouco da sua energia conosco, insistindo.

23 de outubro de 2005

VENDE FRANGO-SE

Alguém encontrou esta pérola escrita numa placa em frente a um mercadinho de um morro do Rio: "Vende frango-se". É poesia? Piada? Apenas mais um erro de português? É a vida e ela é inventiva. Eu, que estou sempre correndo atrás de algum assunto para comentar, pensei: isso dá samba, dá letra, dá crônica. Vende frango-se, compra casa-se, conserta sapato-se.

Prefiro isso aos "q tc cmg?" espalhados pelo mundo virtual, prefiro a ingenuidade de um comerciante se comunicando do jeito que sabe, é o "beija eu" dele.

Vende carne-se, vende carro-se, vende geleia-se. Não incentivo a ignorância, apenas concedo um olhar mais adocicado ao que é estranho a tanta gente, o nosso idioma. Tão poucos estudam, tão poucos leem, queremos o quê? Ao menos trabalham, negociam, vendem frangos, ao menos alguns compram e comem e os dias seguem, não importa a localização do sujeito indeterminado. Vive-se.

Talvez eu tenha é ficado agradecida por esse senhor ou senhora que se anunciou de forma errônea, porém inocente, já que é do meu feitio também trocar algumas coisas de lugar, e nem por isso mereço chicotadas, ao contrário: o comerciante do morro me incentivou a me perdoar. Esquecer o nome de um conhecido, não reconhecer uma voz ao telefone, chamar Gustavos de Olavos, confundir os verbos e embaralhar-se toda para falar: sou a rainha das gafes, dos tropeços involuntários. Tento transformar em folclore, já que falta de educação não é. Conserta destrambelhada-se. Eu me ofereço como cliente. Quem não? Sabemos todos como é constrangedor não acertar, mas lá do alto do seu boteco, ele nos absolve. Ele, o autor de um absurdo, mas um absurdo muito delicado.

Vende frango-se, e eu acho graça, e achar graça é uma coisa boa, sinal de que ainda não estamos tão secos, rudes e patrulheiros, ainda temos grandeza para promover o erro alheio a uma inesperada recriação da gramática, fica eleito o dono da placa o Guimarães Rosa do morro, vale o que está escrito, e do jeito que está escrito, uma vez que entender todos entenderam. Fica aqui minha homenagem à imperfeição.

9 de novembro de 2005

REGURGITAR

Eu li o livro antes de ver a peça, o que facilitou minha compreensão, porque Michel Melamed, no palco, é um epilético verbal, emenda uma frase na outra enquanto leva choques que parecem amenos, mas não devem ser, assim como a vida parece amena, mas que nada.

Regurgitofagia é o nome da peça (que esteve duas vezes em cartaz em Porto Alegre, primeiro durante o Em Cena e no último final de semana no Theatro São Pedro – se houver uma terceira, não perca) e do livro. Este, aliás, me lembrou um pouco os primeiros livros do Luciano Alabarse, justamente o diretor do Em Cena. Pra quem não sabe, Luciano, no início dos anos 80, lançou por uma tal Editora Proletra (ainda existe?) *Sem essa, Aranha*, *Aquele um* e *Pobres moços* – um mix de ideias, poemas, letras de música, declarações de amor e de ódio, uma esquizofrenia pensante e atraente para os que, como eu, estavam tentando entender alguma coisa deste mundo caótico, e que segue caótico, vide Michel Melamed, ano 2005.

Deglutimos coisas demais, nos enfiam goela abaixo toda sorte de informações e aberrações – chega, impossível assimilar tanta coisa, tanta porcaria, tantos estímulos velozes que nos impedem a reflexão. É o que resume, com um humor sarcástico, *Regurgitofagia*. E eu digo amém, porque acredito mesmo que estamos pirando, todos.

E para enfrentar a piração, só mesmo respondendo com mais loucura.

Melamed trata de assuntos seríssimos com o mesmo deboche dos debochados que tentam nos doutrinar, e com uma linguagem rápida como rápida é a vida. É tudo um susto. Você não anda assustado? Salve você. A maioria das pessoas que eu conheço anda com os cabelos em pé, como se o choque fosse diário e ininterrupto. E é.

Teatro não serve pra nada, pensam alguns, e literatura é elitismo, pensam outros, e na verdade não pensam, porque é no teatro e na literatura que encontramos a transgressão possível e a provocação necessária. O mundo não anda fácil nem digerível. É homem-bomba explodindo em festas de casamento, é corrupção pra tudo que é lado, é muito desamor travestido de prazer, é uma urgência de ser feliz que impede a construção da felicidade mesma, que é mais vagarosa. Para onde estão indo todos nesta correria? Não sou a única que ainda vive, em certos aspectos, na era da pedra lascada, mas corro igual, porque se parar, me atropelam.

Regurgitar: vomitar. Fagia: comer. Então regurgitofagia é simplesmente expelir o inútil e voltar a se alimentar do que precisamos. E do que precisamos? Anote aí, é pouca coisa: silêncio, arte e amor. Bom dia a todos.

16 de novembro de 2005

A TRISTEZA PERMITIDA

Se eu disser pra você que hoje acordei triste, que foi difícil sair da cama, mesmo sabendo que o sol estava se exibindo lá fora e o céu convidava para a farra de viver, mesmo sabendo que havia muitas providências a tomar, acordei triste e tive preguiça de cumprir os rituais que normalmente faço sem nem prestar atenção no que estou sentindo, como tomar banho, colocar uma roupa, ir pro computador, sair para compras e reuniões – se eu disser que foi assim, o que você me diz? Se eu lhe disser que hoje não foi um dia como os outros, que não encontrei energia nem para sentir culpa pela minha letargia, que hoje levantei devagar e tarde e que não tive vontade de nada, você vai reagir como?

Você vai dizer "te anima" e me recomendar um antidepressivo, ou vai dizer que tem gente vivendo coisas muito mais graves do que eu (mesmo desconhecendo a razão da minha tristeza), vai dizer para eu colocar uma roupa leve, ouvir uma música revigorante e voltar a ser aquela que sempre fui, velha de guerra.

Você vai fazer isso porque gosta de mim, mas também porque é mais um que não tolera a tristeza: nem a minha, nem a sua, nem a de ninguém. Tristeza é considerada uma anomalia do humor, uma doença contagiosa, que é melhor eliminar desde o primeiro sintoma. Não sorriu hoje? Medicamento. Sentiu uma vontade de chorar à toa? Gravíssimo, telefone já para o seu psiquiatra.

A verdade é que eu não acordei triste hoje, nem mesmo com uma suave melancolia, está tudo normal. Mas quando fico triste, também está tudo normal. Porque ficar triste é comum, é um sentimento tão legítimo quanto a alegria, é um registro da nossa sensibilidade, que ora gargalha em grupo, ora busca o silêncio e a solidão. Estar triste não é estar deprimido.

Depressão é coisa muito mais séria, contínua e complexa. Estar triste é estar atento a si próprio, é estar desapontado com alguém, com vários ou consigo mesmo, é estar um pouco cansado de certas repetições, é descobrir-se frágil num dia qualquer, sem uma razão aparente – as razões têm essa mania de serem discretas.

"*Eu não sei o que meu corpo abriga/ nestas noites quentes de verão/ e não importa que mil raios partam/ qualquer sentido vago de razão/ eu ando tão down...*" Lembra da música? Cazuza ainda dizia, lá no meio dos versos, que pega mal sofrer. Pois é, pega mal. Melhor sair pra balada, melhor forçar um sorriso, melhor dizer que está tudo bem, melhor desamarrar a cara. "*Não quero te ver triste assim*", sussurrava Roberto Carlos em meio a outra música. Todos cantam a tristeza, mas poucos a enfrentam de fato. Os esforços não são para compreendê-la, e sim para disfarçá-la, sufocá-la, ela que, humilde, só quer usufruir do seu direito de existir, de assegurar o seu espaço nesta sociedade que exalta apenas o oba-oba e a verborragia, e que desconfia de quem está calado demais. Claro que é melhor ser alegre que ser triste (agora é Vinicius), mas melhor mesmo é ninguém privar você de sentir o que for. Em tempo: na maioria das vezes, é a gente mesmo que não se permite estar alguns degraus abaixo da euforia.

Tem dias que não estamos pra samba, pra rock, pra hip-hop, e nem por isso devemos buscar pílulas mágicas para camuflar nossa introspecção, nem aceitar convites para festas em que nada temos para brindar. Que nos deixem quietos, que quietude é armazenamento de força e sabedoria, daqui a pouco a gente volta, a gente sempre volta, anunciando o fim de mais uma dor – até que venha a próxima, normais que somos.

20 de novembro de 2005

THE GUITAR MAN

Eu fui criada ouvindo Beatles, Janis Joplin, Rita Lee, Lou Reed e Tina Turner, era minha trilha sonora da infância, o que não impediu que uma aguazinha com açúcar entrasse no meu repertório. Aos onze anos de idade, minha música preferida era "The Guitar Man", de um grupo chamado Bread, que não chegou a entrar para a história, a não ser pra minha.

Era uma balada bonita, que falava de um músico que estava sempre na estrada mexendo com as emoções daqueles com quem cruzava. "*Who draws the crowd and plays so loud, baby, it's the guitar man...*" e foi o que bastou para esse personagem virar meu príncipe encantado, muito mais do que aqueles loiros em cavalos brancos que entravam mudos e saíam calados dos contos de fada, sempre com ar de sonsos.

Adoro bossa nova, sou louca por jazz, este ano curti com alegria Norah Jones, Jorge Drexler, John Pizzarelli, Madeleine Peyroux, mas nada se compara ao poder eletrizante de um guitarrista clássico, e estou falando logicamente da lenda que acabou de se apresentar no Brasil, Buddy Guy, que não tem nada de cool, e sim de incendiário. Nessas horas minha sofisticação vai pro ralo e eu quero mais é... é... sei lá, devo ter sido uma stripper em outra encarnação.

Assisti ao espetáculo do rei do blues em Porto Alegre, onde ele transformou o teatro num estádio de futebol. Foi eletrizante, celebrou-se o lado mais quente da vida. Os integrantes da banda lidavam com os instrumentos como se eles fossem extensão do próprio corpo, e Buddy, do alto dos seus 69 anos, mostrou que idade é um conceito muito relativo e que tem muito garoto de vinte que precisa de umas liçõezinhas sobre o que é vigor.

A maioria dos gêneros musicais provocam arrepios na alma e no coração, são absorvidos pelos ouvidos e se instalam dentro da gente de forma tranquila e apaziguadora. O blues e o rock, primos-irmãos, não se assentam assim tão facilmente dentro de nós. Eles são assimilados através da pele também, nos reviram, impulsionam, provocam reações físicas mais nervosas, despertam em nós o tarado, o revolucionário, o selvagem, o herege. Já ia esquecendo: a stripper.

Guitarra, bateria, piano, sax, gogó e veneno, tudo misturado, cativam pelo que têm de vibrante e sexy. Já virou clichê dizer que o rock é mais atitude do que música, e se formos ampliar isso para a vida fora do palco, podemos dizer que Elis Regina, por exemplo, foi uma grande roqueira, assim como o jornalista Paulo Francis, que também tinha uma postura muito rock'n'roll, mesmo considerando rock música de jeca e sendo o rei dos eruditos.

O show de Buddy Guy foi, antes de tudo, um workshop: ele saiu do palco várias vezes, circulou por todos os ambientes, misturou-se à plateia, desarrumou-a, seduziu-a, quebrou o protocolo, divertiu e divertiu-se sem parar um único segundo de tocar – e ainda se deu ao luxo de homenagear John Lee Hooker, Jimi Hendrix e Eric Clapton, sem deixar de ser ele mesmo, dono e senhor do seu blues. Por que tudo isso faz bem? Porque o cotidiano anda muito monocórdico, as notícias andam muito repetitivas e a natureza pulsante da gente, pouco provocada. Bom lembrar que podemos ser viscerais sem nos rendermos à vulgaridade, ser lascivos através do blues e suas guitarras, e ficarmos excitados sem perder a classe.

4 de dezembro de 2005

VAI, VAI, VAI... VIVER

Há inúmeras razões para se assistir ao documentário sobre Vinicius de Moraes: para recordar suas músicas, seus poemas, suas histórias e, principalmente, lembrar de uma época menos tensa, em que ainda havia espaço para a ingenuidade, a ternura e a poesia. Entre os vários depoimentos do filme, há um de Chico Buarque dizendo que não imagina como Vinicius se viraria hoje, nesta sociedade marcada pela ostentação e arrogância. E nós?, pergunto eu. Nós que nos emocionamos com o documentário justamente por nos identificarmos com aquela alma leve, com a valorização das alegrias e tristezas cotidianas, como conseguimos sobreviver neste mundo estúpido, neste ninho de cobras, nesta violência invasiva? Assistir ao documentário é uma maneira de a gente localizar a si mesmo, trazer à tona nossa versão menos cínica, mais pura, e resgatar as coisas que prezamos de verdade, que são diferentes das coisas que a tevê nos empurra aos berros: compre! pague! queira! tenha!

Vinicius fazia outro tipo de propaganda. Se era para persuadir, que fosse em voz baixa e por uma causa nobre. Num dos melhores momentos do documentário, ele e Baden Powell cantam entre amigos, numa rodinha de violão: "*Vai, vai, vai... amar/ vai, vai, vai... chorar/ vai, vai, vai... sofrer*". É o "Canto de Ossanha" lembrando que a gente perde muito tempo se anunciando, dizendo que faz e acontece, quando na verdade tudo o que precisamos, ora, é viver.

Pois é. Mas, detalhe: não vive quem se economiza, quem quer felicidade parcelada em 24 vezes sem juros. Aliás, ser feliz nem está em pauta. O que está em pauta é a busca, a caça incessante ao que nos é essencial: ter paixões e ter amigos. O grande patrimônio de qualquer ser humano, quer ele perceba isso ou não.

Pra acumular esses bens, Vinicius seguia um ritual: zerava-se. Começava e terminava um casamento. Começava e terminava outro. Começava e terminava uma vida em Paris, uma temporada em Salvador. Renovava seus votos a cada dia. Se já não se sentia inteiro num amor ou num projeto, simples: ponto final. Tudo isso, diga-se, a um custo emocional altíssimo. O simples nunca foi fácil, muito menos para quem possui um coração no lugar onde tantos possuem uma pedra de gelo. As pedras de gelo de Vinicius estavam onde tinham que estar, no seu cachorro engarrafado, e só. O resto era tudo quente.

Entre sobreviver e viver há um precipício, e poucos encaram o salto. Encerro esta crônica com dois versos que não são de Vinicius, e sim de uma grande poeta chamada Vera Americano, que em seu novo livro, *Arremesso livre* (editora Relume Dumará), reverencia a mudança. *Não te acorrentes/ ao que não vai voltar*, diz ela, provocando ao mesmo tempo nosso desejo e nosso medo. Medo que costuma nos paralisar diante da decisão crucial: *Viver/ ou deixar para mais tarde.*

O poeta espalmaria sua mão direita nas nossas costas (a outra estaria segurando o copo) e diria: vai.

11 de dezembro de 2005

QUEBRA DE PROTOCOLO

Poucas semanas atrás escrevi uma crônica em que enaltecia o show de Buddy Guy e a beleza de ver alguém celebrar o lado mais quente da vida, aquele que não é rígido, preso a fórmulas. Pegando carona na performance irreverente do músico, que circulou por todo o Teatro do Sesi fazendo misérias com sua guitarra, falei sobre o quanto é estimulante improvisar, mudar de planos e fazer umas loucuras inofensivas – não só no palco, mas também fora dele.

É de novo o palco que me inspira a voltar ao assunto. Tudo começou em junho passado, quando comprei um CD no escuro, sem conhecer uma única música. Era uma coletânea de hits que tocava na Colette, badalada loja de design parisiense. Nesse disco descobri *Frontin*, de um tal Jamie Cullum, que eu não tinha ideia de quem fosse. Logo depois, ganhei de presente o DVD de um show em que grandes nomes prestavam um tributo a Ray Charles, e lá estava o tal do Cullum de novo, fazendo bonito ao lado de Stevie Wonder, B.B.King e Norah Jones. Um nanico de vinte e poucos anos.

No último mês, vi o nome de Cullum numa revista, depois num breve comentário na internet, e resolvi que era hora de sermos formalmente apresentados. Comprei de uma só vez os seus dois CDs, *Twentysomething* e *Catching Tales*. Excelentes, ambos. Resolvi então selar nossa união e comprei o DVD gravado ao vivo no

Blenheim Palace, na Inglaterra. Fiquei com os quatro pneus arriados. Gamei.

Para os antenados, não estou contando nenhuma novidade. O cara é considerado a sensação do jazz desde 2003, quando estourou em Londres. Talvez devesse continuar conhecido apenas entre poucos, pra manter a aura de novidade, mas algo me diz que sua fama vai, em poucos dias, se espalhar pelo Brasil feito pólvora, o menino já participou até da trilha sonora do filme *Bridget Jones*, e a cantora Maria Rita rasgou elogios pra ele na entrevista que deu domingo passado pra Gabi. Agora já era. Que se popularize entre nós Jamie Cullum.

Por que mesmo falei em quebra de protocolo? Porque esse músico com visual de surfista corrompe totalmente a austeridade do piano que toca. Ele não tem respeito nenhum pelo instrumento: batuca nele com força, canta em pé em cima dele. Nelson Freire teria uma síncope se visse. Tudo com uma energia contagiante, um entusiasmo raro, e se tudo isso parece recurso para disfarçar a falta de talento, aí é que está, talento é o que não falta ao garoto, ao contrário, sobra. Faz toda essa bagunça porque é insano mesmo. Aquela insanidade que dá gosto de ver, aquela loucura inofensiva de que falávamos antes: fugir da mesmice em nome da alegria de viver.

Ando me repetindo? Não sou eu, tchê. É o mundo.

18 de dezembro de 2005

O ESPÍRITO DA COISA

Você sempre pega o espírito da coisa? Geralmente o espírito da coisa é algo que fica subentendido, só as almas atentas conseguem captá-lo. A verdade é que, em um mundo cada vez mais pragmático, é difícil pegar o espírito da coisa, seja que coisa for essa.

O que dizer então do espírito do Natal? Antes ele entrava no ar assim que dezembro iniciava. O espírito desse mês, para quem foi criança em outros tempos, era de pura magia. O Natal, que demorava tanto para chegar, estava batendo à porta. "Quantos dias faltam, mãe?" "Agora falta pouco, querida." "Quanto?" "Uns vinte dias." "Tudo isso!!!"

Mas a gente sabia que era pouco se comparado à longa espera de um ano inteiro. Em maio, junho, julho, o Natal ainda estava a perder de vista. O Natal era o arremate do calendário, era a compensação por tanto estudo e provas na escola, era o prêmio por termos nos comportado bem, era a hora de colocar uma roupa bonita e ter algum desejo atendido, era hora de comer umas delícias diferentes, de rezar, de acreditar em todos os sonhos. O céu ficava mais azul, as estrelas davam cria e nunca, nunca chovia em dezembro. Então finalmente chegava o dia 24. A empregada era liberada logo depois do almoço, o pai voltava mais cedo pra casa e nenhum moleque reclamava de ir pro chuveiro, até gostava. Já de banho tomado, era hora de esperá-lo. Ele. O verdadeiro deus de toda criança, Papai Noel.

Hoje mal entra dezembro – e com ele, trovoadas – e os shoppings lotam, o trânsito entope, os filhos pedem coisas caríssimas e ganham antes mesmo da noite feliz. Comprar, comprar, comprar. Você, meio sem grana, faz o que pode. Os outros, meio sem nada, você faz que não vê. Mas eles estão entre nós: crianças pedindo um lápis de presente, pedindo colchão de presente, sonhando com o primeiro iogurte de suas vidas. E a gente voando de um lado para o outro, sem tempo pra eles.

Isso tudo foi até ontem, quando dezembro acabou. Ao menos este dezembro insensato, ansioso, consumista, ateu, que dura 24 dias febris, em que todos correm, todos estão atrasados, todos têm compromissos inadiáveis. Uma amiga me escreveu no auge do stress: "Pensar que o próximo será só daqui a um ano é a melhor parte da história".

Antes de começar a contagem regressiva para o próximo, temos hoje. Temos este hiato, o dia 25. Um feriado, um domingo, uma trégua. As lojas estão todas, todinhas fechadas. Sobrou alguma coisa da ceia para beliscar na geladeira. Você vai sentir sede de suco natural, de água gelada. Vai colocar música pra tocar, vai vestir uma camiseta limpa. Você não tem nada pra fazer, nenhum motivo pra tirar o carro da garagem, nenhuma razão para procurar vaga para estacionar. Hoje você vai andar a pé, no máximo de bicicleta. Vai falar mais pausadamente. Não vai ligar a tevê, prometa. Nem sei por que abriu o jornal. Hoje é dia de caminhar devagar, de chinelo ou pés descalços. Dia de olhar bem fundo nos olhos do porteiro que está trabalhando, do motorista de ônibus que está trabalhando, e desejar a eles um feliz Natal pra valer. Com sentimento. Um sentimento que não seja medo nem angústia.

Paz.

É hoje o dia que nos restou pra isso. Um dia para sairmos de casa apenas para ir até alguém que nada possui e ofertar um pedaço de bolo, uma barra de chocolate, um travesseiro, um sabonete, uma bola, qualquer coisa que signifique uma verdadeira extravagância diante de tanta miséria. Terminou a histeria coletiva, terminou a festa, terminou a semana. É hoje, antes que tudo reinicie, que você poderá encontrar o verdadeiro espírito da coisa. Não deixe que ele escape.

25 de dezembro de 2005

A MOÇA DO CARRO AZUL

Era a semana que antecedia o Natal. Os carros entupiam as ruas, todos querendo aproveitar um sinal verde, uma vaga para estacionar, chegar mais cedo ao shopping. Eu era apenas mais uma no trânsito, quase sem olhar para os lados, concentrada em alguma tarefa inadiável. Mas de repente o que era movimento e pressa à minha volta parou.

Estava fazendo o retorno numa grande avenida quando passou por mim um carro azul com uma moça na direção. O vidro dela estava aberto e ela não parecia ter nada a esconder: chorava. Não um choro à toa. Ela chorava por uma dor aguda, uma dor de respeito, era um transbordamento. Passou reto por mim e eu concluí meu retorno, e quis o destino que a próxima sinaleira fechasse e alinhasse nossos dois carros, eu ao volante do meu, atônita, ela ao volante do dela, desmoronando.

Eu deveria ter ficado na minha, mas era quase Natal, e quase todos estão tão sós, quase ninguém se importa com os outros, e antes que trocasse o sinal, abri a janela do meu copiloto – sem nenhum copiloto – e perguntei: "Você precisa de ajuda?".

Ela estava com a cabeça apoiada no encosto do banco, olhando em frente pro nada, chorando ainda. Então virou a cabeça lentamente para mim – pensei que iria dizer para eu me preocupar com a minha vida – e disse serenamente: "Já vai passar". E quase sorriu.

Eu respondi "fica bem", fechei o vidro e avancei meu carro um pouquinho pra frente, para desalinhar com o dela e deixá-la livre dos meus olhos e da minha atenção.

Passei o resto do trajeto tentando adivinhar se ela havia rompido uma relação de amor, se havia perdido um filho recentemente, se havia recebido o diagnóstico de uma doença grave, se havia discutido com o marido, se estava com saudades de alguém, se estava ouvindo uma música que a fazia lembrar de uma época terrível – ou sensacional. O que a fazia chorar quase ao meio-dia, numa avenida tão movimentada, sem nem mesmo colocar uns óculos escuros ou fechar o vidro? Que desespero era aquele sem pudor e por isso mesmo tão intenso?

Garota, desculpe invadir com minha voz a sua tristeza. Era quase Natal e eu não aguentei ver você naquele quase deserto, num universo à parte, incompatível com a quase euforia com que recebemos as viradas, as mudanças, a esperança de olhos mais secos. Faz uma semana, lembra? E agora falta quase nada pra gente abraçar a ilusão de que tudo vai ser novo. Que seja mesmo, especialmente pra você. Feliz 2006.

28 de dezembro de 2005

A MULHER INVISÍVEL

Eu estava na sala de embarque esperando a chamada do voo. Havia gente demais e poucas cadeiras disponíveis, tive sorte de conseguir uma. Enquanto lia uma revista, reparei de soslaio um senhor se aproximando com duas bagagens de mão. Era um homem grande. Extra large. Veio se aproximando e ao mesmo tempo virando o corpo de costas. Que estranho... Então ele parou bem onde eu estava. Continuava de costas. Repare no perigo iminente da situação. Não houve muito tempo para agir. Antes que eu pudesse raciocinar, o corpo dele começou a se flexionar em minha direção, e eu tive que aceitar humildemente: ele iria sentar em cima de mim. Uma cena de desenho animado: eu me encolhendo na cadeira enquanto aquelas nádegas gigantescas estavam prestes a me espremer. Com a única mão livre que me restava – a outra segurava a revista – espalmei seu bundão e disse com um fiapo de voz: senhor, senhor, tem gente.

Ele virou a cabeça e: oh, me desculpe, senhorita (foi perdoado na mesma hora por causa do "senhorita") e foi acomodar-se uns três assentos adiante, que para alegria geral, estava vazio. Escapei por um triz de virar mingau em pleno Galeão.

Você pode não acreditar, mas isso aconteceu de verdade, tenho várias testemunhas. Aliás, que gente educada: ninguém riu. Diante da discrição de todos, tranquei o riso também, o que me requereu certo esforço, pois a vontade que eu tinha era de, às gargalhadas, bater na coxa da mulher ao lado e dizer: já viu isso, criatura?

Rindo apenas por dentro, festejei ser uma pessoa com a autoestima em dia, pois outra, com menos apego por si mesma, ficaria arrasada ao descobrir-se invisível. Porque foi como me senti: invisível. O sonho de muita gente. E o terror de tantos outros.

Já me senti invisível em algumas ocasiões ao longo da vida. Voltando no tempo, me pego invisível em festas, invisível à mesa do jantar, invisível na sala de aula. Uma sensação incômoda de estar ali, mas ninguém levar em conta sua presença. Você fala, ninguém escuta. É vista, mas não percebida. E ao ir embora, ninguém dá por sua falta. Com você, nunca?

Em outros momentos da vida, eu daria tudo para estar invisível, mas não tive a sorte. Como da vez em que engasguei com risco de morte no início de um jantar com Silvia Pfeifer, a quem mal conhecia. Inesquecível: eu já meio azul e aquela mulher linda de três metros de altura correndo atrás de mim pelo restaurante lotado, batendo com força nas minhas costas. E nas vezes – inúmeras – em que não lembrei o nome de conhecidos na hora de autografar um livro. Essa é clássica.

Desaparecer em momentos estratégicos deve ser bom. Creio que descobri como se faz. Naquele dia, no aeroporto, eu devia estar tão entretida com meus pensamentos que acionei algum mecanismo que me invisibilizou. Só pode ter sido isso. O senhor grandão não parecia ter problemas oftalmológicos ou neurológicos. Devia, ele também, estar com a cabeça longe, desaparecido pra si mesmo, e resolveu sentar em qualquer lugar. No meu colo, o que o impedia?

Moral da história: preste atenção. Mesmo onde você enxerga um vazio, pode ter gente dentro.

8 de janeiro de 2006

QUANDO O CORPO FALA

Nunca tinha escutado o nome de Louise L. Hay, que, pelo que eu soube, é uma psicóloga americana com vários livros publicados e traduzidos para diversos idiomas, inclusive para o português. Me parece que é de autoajuda, a julgar pelos títulos: *Como curar sua vida* e outros do gênero. Como se existisse fórmula mágica para alguma coisa. Se esses manuais funcionassem, seríamos todos belos, ricos, bem-casados, desenvoltos, empreendedores, bambambãs em tudo. Mas um dos temas que ela trata é bastante interessante e já inspirou vários bate-papos entre amigos. Ela diz que todas as doenças que temos são criadas por nós. Pô, Louise. Como assim, "criadas"? Fosse simples desse jeito, bastaria a força da mente para evitar que o vírus da gripe infectasse o ser humano.

Porém, se não levarmos tudo o que ela diz ao pé da letra, se abstrairmos certos exageros, vamos chegar a um senso comum: nós realmente facilitamos certas invasões ao nosso corpo. É o que se chama somatizar, ou seja, é quando uma dor psíquica pode se manifestar fisicamente. Muitas vezes acontece, sim.

"Todas as doenças têm origem num estado de não perdão", diz a psicóloga. "Sempre que estamos doentes, necessitamos descobrir a quem precisamos perdoar." Mais uma vez, o exagero, já que "sempre" é um amontoado de tempo que não sustenta nenhuma teoria. Mas ela insiste: "Pesar, tristeza, raiva e vingança são sentimentos que vieram de um espaço onde não houve perdão. Perdoar dissolve o ressentimento."

Pois é, o perdão. Outro dia estava lendo um verso de uma poeta que já citei em outra oportunidade, a Vera Americano, em que ela diz: "*Perdão/ duro rito/ da remoção do estorvo*". É difícil perdoar, mas que faz bem à saúde, não tenho a menor dúvida. Quanto mais leve a alma, mais forte o organismo. Por que não tentar?

Louise L. Hay acredita tanto, mas tanto nisso, que chegou a fazer uma lista de doenças e suas prováveis causas. Exemplo: apendicite vem do medo. Asma, de choro contido. Câncer, de mágoas mantidas por muito tempo. Derrame, da rejeição à vida. Dor de cabeça vem da autocrítica. Gastrite, de incertezas profundas. Hemorroidas vem do medo de prazos determinados e raiva do passado. A insônia vem da culpa. Os nódulos, do ego ferido. Sinusite é irritação com pessoa próxima.

Eu sei e os leitores também sabem que não é bem assim, que isso é uma generalização e que há vários outros fatores em jogo, mas não custa prestarmos atenção na interferência que nossos sentimentos têm sobre nosso corpo, assim poderemos ajudar no tratamento sendo menos tensos e angustiados.

Para quem é 100% cético, tudo isso é balela. Já fui desse modo. Tempos atrás, não daria a mínima para as afirmações de Louise L. Hay. Hoje me considero 70% cética e ainda pretendo reduzir este índice, pois reconheço que os meus parcos 30% de crença no que não é cientificamente provado é que me salvam de uma úlcera.

22 de janeiro de 2006

OS BASTIDORES DA CRÔNICA

Uma sociedade plural é muito melhor do que uma sociedade em que todos pensam igual. Sem divergências, nada evolui – nem o pensamento, nem o país.

Quem escreve em jornal sente na pele essa dinâmica de opiniões conflitantes. São tantos os leitores, das mais diversas origens e crenças, que fica absolutamente impossível almejar uma unanimidade, só em santa ingenuidade. Você fala em sexo e desejo, o outro salta condenando o hedonismo. Você clama por mais charme na vida, o outro salta condenando o elitismo. Quem tem razão? Cada um tem a sua, e que se atreva alguém a dizer quem está certo ou errado. Há tantas verdades quanto seres humanos na terra.

O Brasil, em especial, é dos países menos coesos. Deste tamanhão e com esta desigualdade social que tanto nos choca, é como se obrigasse vários planetas a conviverem no mesmo território. E obriga. E rimo: não sei como não sai mais briga.

Uns elogiam *Dois filhos de Francisco*, outros apontam a rendição do cinema nacional, que não arrisca nada fora do padrão global. Uns elogiam os shows internacionais, outros questionam: por que não se dá mais espaço pro regional? Você fala de amor eterno, é piegas. Você fala em sedução e liberdade, é a filha preferida do demônio.

Alguns você comove, outros revolve o estômago. Se cita um caso que aconteceu com você, é porque está focada no próprio umbigo. Se cita um caso que aconteceu com alguém, não tem originalidade suficiente. Se inventa um caso que não aconteceu mas poderia, está fazendo ficção onde não devia.

Falou em Nova York, é metida. Falou em Ibiraquera, metida made in Brasil. Colocou palavras em inglês no texto? Nenhum problema, pensam uns; paredón, pedem outros, que palavra em espanhol pode.

Falou bem do PT? Rendida, vendida, mal-intencionada. Falou mal do PT? Rendida, vendida, mal-intencionada. Não falou de política? Alienada.

Usa uma palavra antiga, entrega a idade. Usa uma palavra nova, está inventando moda. Que palavra está em voga?

Voga?????

O mesmo texto tudo provoca: uns te amam, outros te toleram e alguns não perdem a chance de te esculachar. Como te leem os que te odeiam.

Você toca profundamente o coração de uma senhora e com o mesmo texto enoja um estudante. Uma professora te agradece a contribuição em sala de aula, outra proíbe que os alunos te convoquem. Você defende as minorias e alguns vibram com a referência, outros têm certeza que é deboche. E nem ouse citar Deus em suas crônicas, apenas em suas preces.

É uma aventura a cada linha, uma salada mista a cada ponto de vista. Franco-atiradores a serviço da reflexão, todos nós, os daí e os de cá, sabemos um pouco de tudo e muito do nada, e salve o bom humor diante desta anarquia, já que de algum jeito há que se ganhar a vida.

25 de janeiro de 2006

O CARTÃO

Eu tinha dezessete anos e era louca por um cara com quem trocava olhares, não mais que isso. Ele era o legítimo "muita areia pro meu caminhão" e jamais acreditei que pudesse vir a se interessar por mim, o que me deixava ainda mais apaixonada, claro. Mulher adora um amor impossível.

Então chegou o dia do meu aniversário. No final da manhã eu estava em casa, contando os minutos para uma festa que daria à noite, quando a empregada apareceu com um cartão nas mãos, dizendo que o zelador o tinha encontrado embaixo da porta do prédio. Abri e fiquei azul, verde, laranja: era dele! Corri para o telefone e liguei para a minha melhor amiga. "Que trote bobo, você quase me mata de susto, pensa que não sei que foi você que escreveu o cartão?" Ela jurou por todos os santos que não. Liguei para outra amiga. "A letra é igual a sua, eu sei que foi você!" Não tinha sido. Liguei para outra: "Você acha que eu vou acreditar que um cara lindo que nunca me disse bom dia veio até aqui largar um cartão amoroso desses?" Ela me recomendou terapia. Bom, diante de tantas negativas, só me restou pensar: "Outra hora eu descubro quem é que está tirando uma comigo". E esqueci o assunto.

Semanas depois estava caminhando na rua quando encontrei o dito cujo. Ele resmungou um oi, eu devolvi outro oi, e então ele perguntou se eu havia recebido o cartão de aniversário. Minha pressão caiu, minhas pernas fraquejaram, eu só pensava: mas que idiota eu fui! O que iria responder? "Recebi, mas jamais passaria pela minha cabeça que um homem espetacular como você, que pode ter a mulher que escolher, fosse entrar numa papelaria, comprar um cartão, escrever um texto caprichado, depois descobrir meu endereço e então pegar o carro, ir até a minha rua, colocar o envelope embaixo da porta feito um ladrão, e aí voltar para casa e aguardar meu telefonema. Olhe bem pra mim, eu não mereço tanto empenho."

Respondi: "Que cartão?"

Ele soltou um "deixa pra lá" e foi embora se sentindo o mais esnobado dos homens. E assim terminou uma linda história de amor que nunca começou. Anos depois nos encontramos casualmente e tivemos um rapidíssimo affair, mais aí já não éramos os mesmos, não havia clima, ficamos juntos apenas para ver como teria sido se. Vimos. E não escutamos sinos, não fomos flechados pelo Cupido. Cada um voltou para a sua vida e nunca mais tivemos notícia um do outro.

Contei essa história para um amigo outro dia e ele comentou que conhecia outras mulheres assim. Epa, assim como? Ora, assim medrosa, desconfiada, temendo pagar micos diante da vulnerabilidade que toda paixão provoca. Ele estava certo. Era assim mesmo que eu me sentia aos dezessete anos: medrosa e incapaz de levar um grande amor adiante. Quando recebi o tal cartão, deveria ter ligado imediatamente para o meu príncipe encantado para agradecer e convidá-lo para a festa.

E se ele tivesse dito: "Que cartão?"

Eu responderia: "Deixa pra lá, mas venha à festa assim mesmo". E então eu assumiria as consequências, não importa quais fossem. O nomezinho disso: vida. É sempre uma incógnita, portanto não vale a pena tentar fugir das decepções ou dos êxtases, eles nos assaltarão onde estivermos. Se você for uma garota boba como eu fui, acorde. Ninguém é muita areia pra ninguém. Pessoas aparentemente especiais se apaixonam por outras aparentemente banais e isso não é um trote, não é uma pegadinha, não é nada além do que é: um inesperado presente da vida, que todos nós merecemos.

5 de fevereiro de 2006

PARA QUE LADO CAI A BOLINHA

O filme começa com a câmera parada no centro de uma quadra de tênis, bem na altura da rede. Vemos então uma bolinha cruzar a tela em câmera lenta. Depois ela cruza de volta, e cruza de novo, mostrando que o jogo está em andamento. De repente, a bolinha bate na rede e levanta no ar. A imagem congela. O locutor diz que tudo na vida é uma questão de sorte. Você pode ganhar ou perder. Depende do lado que vai cair a bolinha.

É o início de *Match Point*, o mais recente filme de Woody Allen, que concorre hoje à noite ao Oscar de roteiro original. É uma versão mais sofisticada, mais sensual e mais trágica de um outro filme do cineasta, na minha opinião um de seus melhores: *Crimes e pecados*, de 1989. Em ambos, a eterna disputa entre a estabilidade e a aventura, entre render-se à moral ou desafiá-la, o certo e o errado flertando um com o outro e gerando culpa. Onde, afinal, está a felicidade?

Certa vez li (não lembro a fonte) que felicidade é a combinação de sorte com escolhas bem feitas. De todas as definições, essa é a que chegou mais perto do que acredito. Dá o devido crédito às circunstâncias e também aos nossos movimentos. Cinquenta por cento para cada. Um negócio limpo.

Em *Crimes e pecados*, Woody Allen inclinava-se para o pragmatismo. Dizia textualmente: somos a soma das nossas decisões. Tudo envolve o nosso lado racional, até mesmo as escolhas afetivas. Casamentos acontecem por vários motivos, entre eles por serem um ótimo arranjo social – e nem por isso desonesto. E até mesmo a paixão pode ser intencional. No filme, um certo filósofo diz que nos apaixonamos para corrigir o nosso passado. É uma ideia que pode não passar pela nossa cabeça quando vemos alguém e o coração dispara, mas, secretamente, a intenção já existe: você está em busca de uma nova chance de acertar, de se reafirmar. Seu coração apenas dá o alerta quando você encontra a pessoa com quem colocar o plano em prática.

Em *Match Point*, Woody Allen passa a defender o outro lado da rede: a sorte como o definidor do rumo da nossa vida. O acaso como nosso aliado. Se a felicidade depende de nossas escolhas, é da sorte a última palavra. Você pode escolher livremente virar à direita, e não à esquerda, mas é a sorte que determinará quem vai cruzar com você pela calçada, se um assaltante ou o Chico Buarque. É a bolinha caindo para um lado, ou para o outro.

Tanto em *Crimes e pecados* como nesse excelente e impecável *Match Point*, fica claro o que todos deveríamos aceitar: nosso controle é parcial. Há quem diga até que não temos controle de nada. Não existe satisfação garantida e tampouco frustração garantida, estamos sempre na mira do imprevisível. Treinamos, jogamos bem, jogamos mal, escolhemos bons parceiros, torcemos para que não chova, seguimos as regras, às vezes não, brilhamos, decepcionamos, mas será sempre da sorte o ponto final.

5 de março de 2006

BELÍSSIMAS

Já li muitos comentários positivos a respeito de *Belíssima*. O que ainda não li foi comentários sobre a abertura da novela. Ou talvez tenha me escapado.

O tema da abertura: a beleza feminina. A música: *Você é linda*, de Caetano Veloso. Tinha tudo pra ser um festival de bom gosto, no entanto, há controvérsias. Se não há, olha eu aqui inaugurando uma.

A modelo que aparece de maiô, sabe-se, tem um rosto perfeito: pena que pouco apareça. Em evidência, apenas aquele amontoado de ossos. Coxas quase da mesma espessura dos tornozelos e braços que mais parecem gravetos. Entre a pele e as costelas, onde foi parar o recheio?

Pode ter sido apenas um problema de iluminação ou de recorte, mas o resultado que nos é mostrado há meses, todas as noites, é o raquitismo como sinônimo de perfeição estética.

Hoje é o Dia Internacional da Mulher, que na prática não ajuda a mudar muita coisa, mas ao menos serve para reflexões, debates e crônicas temáticas. O que valeria a pena discutir hoje? Proponho um assunto sem relevância política, mas igualmente importante: o recheio. Tudo o que temos retirado de nós, tudo o que tem sido lipoaspirado de nossas vidas.

Já fomos mais silenciosas. Mas, ao ganhar o direito à voz, nos tornamos mulheres aflitas, que não se permitem um momento de quietude. Falamos, falamos, falamos compulsivamente, como se fosse contraindicado guardar-se um pouco, como se o silêncio pudesse nos inchar.

Já sofremos com mais pudor. Hoje nossas deprês são extravasadas, distribuídas, ofertadas, viram capa de revista, como se a dor fosse uma inimiga a ser despejada, como se o sofrimento fosse algo venenoso e necessitasse de expulsão, como se não valesse a pena alimentar-se dele e através dele crescer.

Já fomos mães mais atentas, que geravam por mais tempo, por bem mais do que nove meses. Levávamos os filhos dentro de nossas vidas por longos anos. Hoje temos mais pressa em entregá-los para o mundo, a responsabilidade pesa, e como peso é tudo o que não queremos, acabamos por nos aliviar dos compromissos severos de toda educação.

Já fomos mais românticas. Hoje o sexo é mais importante, queima calorias, melhora a pele e não duvido que um coração vazio também ajude na hora de subir na balança.

Por um lado, conquistamos tanto, e, por outro, estamos nos esvaziando, querendo tudo rápido demais e abrindo mão de aproveitar o que a vida tem de melhor: o sabor, o gosto. Calma, meninas. Amor não engorda. Discrição não engorda. Reflexão não engorda. Não é preciso se agitar tanto, correr tanto, falar tanto, brigar tanto, nada disso é exercício aeróbico, é apenas tensão. Nesse ritmo, perderemos a beleza da feminilidade e acabaremos secas não só por fora, mas por dentro também.

8 de março de 2006

A SEPARAÇÃO COMO UM ATO DE AMOR

É sabida a dor que advém de qualquer separação, ainda mais da separação de duas pessoas que se amaram muito e que acreditaram um dia na eternidade desse sentimento. A dor de cotovelo corrói milhares de corações de segunda a domingo – principalmente aos domingos, quando quase nada nos distrai de nós mesmos –, e a maioria das lágrimas que escorrem é de saudade e de vontade de rebobinar os dias, viver de novo as alegrias perdidas.

Acostumada com essa visão dramática da ruptura, foi com surpresa e encantamento que li uma descrição de separação que veio ao encontro do que penso sobre o assunto, e que é uma avaliação mais confortante, ao menos para aqueles que não se contentam em reprisar comportamentos-padrão. Está no livro *Nas tuas mãos*, da portuguesa Inês Pedrosa.

> "*Provavelmente só se separam os que levam a infecção do outro até os limites da autenticidade, os que têm coragem de se olhar nos olhos e descobrir que o amor de ontem merece mais do que o conforto dos hábitos e o conformismo da complementaridade.*"

Ela continua:

"A separação pode ser o ato de absoluta e radical união, a ligação para a eternidade de dois seres que um dia se amaram demasiado para poderem amar-se de outra maneira, pequena e mansa, quase vegetal."

Calou fundo em mim essa declaração, porque sempre considerei que a separação de duas pessoas precisa acontecer antes do esfacelamento do amor, antes de iniciarem as brigas, antes da falta de respeito assumir o comando. É tão difícil a decisão de se separar que vamos protelando, protelando, e nessa passagem de tempo se perdem as recordações mais belas e intensas. A mágoa vai ganhando espaço, uma mágoa que nem é pelo outro, mas por si mesmo, a mágoa de reconhecer-se covarde. E então as discussões se intensificam e quando a separação vem, não há mais onde se segurar, o casal não tem mais vontade de se ver, de conversar, querem distância absoluta, e aí configura-se o desastre: a sensação de que nada valeu. Esquece-se do que houve de bom entre os dois.

Se o que foi bom ainda está fresquinho na memória afetiva, é mais fácil transformar o casamento numa outra relação de amor, numa relação de afastamento parcial, não total. Se o casal percebe que está caminhando para o fim, mas ainda não chegou ao momento crítico – o de tornarem-se insuportavelmente amargos –, talvez seja uma boa alternativa terminar antes de um confronto agressivo. Ganha-se tempo para reestruturar a vida e ainda preserva-se a amizade e o carinho daquele que foi tão importante. Foi, não. Ainda é.

"Só nós dois sabemos que não se trata de sucesso ou fracasso. Só nós dois sabemos que o que se sente não se trata – e é em nome desse intratável que um dia nos fez estremecer que agora nos separamos. Para lá da dilaceração dos dias, dos livros, discos e filmes que nos coloriram a vida, encontramo-nos agora juntos na violência do sofrimento, na ausência um do outro como já não nos lembrávamos de ter estado em presença. É uma forma de amor inviável, que, por isso mesmo, não tem fim."

É um livro lindo que fala sobre o amor eterno em suas mais variadas formas. Um alento para aqueles – poucos – que respeitam muito mais os sentimentos do que as convenções.

12 de março de 2006

AINDA SOBRE SEPARAÇÃO

A crônica do domingo passado, *A separação como um ato de amor*, resultou em inúmeros depoimentos de leitores. Muitas pessoas me escreveram dizendo que adorariam ter se separado de uma maneira cordial, não violenta, mas que infelizmente não havia sido assim com eles. Outros disseram que conseguiram chegar a um consenso e manter a amizade e o afeto, tal qual foi descrito no texto. Outros ainda disseram que vivem casados e felizes há quarenta anos e esperam jamais precisar passar por um divórcio. O que importa é que em todos os e-mails encontrei doçura e boa vontade para viver relações mais civilizadas, que possibilitem uma ruptura menos traumática, no caso de um dia ela ser necessária.

Estava tudo assim cor-de-rosa quando entrou o e-mail de uma mulher de uns trinta anos dizendo que separação amigável é conversa pra boi dormir. Ex-marido e ex-mulher é sempre uma pedra no sapato. Que o máximo que podemos fazer é tolerá-los em situações em que não haja outra saída. Era um e-mail furioso e, por isso mesmo, engraçado, o que me fez lembrar imediatamente de um livro que acaba de ser lançado e que, em vez da visão poética e afetiva do *Nas tuas mãos*, de Inês Pedrosa, que me serviu de gancho para a primeira crônica, traz uma visão mais ácida do assunto. Ácida, hilária e também muito verdadeira, porque não existe uma verdade única sobre o tema. O título: *O diabo que te carregue!*, da ótima Stella Florence.

Stella não esconde de ninguém que noventa por cento do que relata no livro aconteceu com ela. Então misture um depoimento biográfico com pitadas de um humor selvagem e um texto super bem escrito e eis uma obra que será excelente companhia para quem estiver passando pelo desgaste de uma separação, ou já passou, ou desconfia de que vai passar. Riso e reflexão: tem dobradinha melhor para quando se está arrancando os cabelos e vivenciando um apocalipse now?

Em *O diabo que te carregue!*, o casal não acaba junto, óbvio. Mas apesar de todos os destemperos, mágoas, acessos de fúria, solidão, discussões sobre grana, sobre filhos, raivas contidas e raivas extrapoladas, nota-se que o ex de Stella sobreviveu muito bem ao cataclismo, tanto que é ele quem escreve o prefácio. É ou não é um mundo civilizado?

Só não é mais civilizado porque a maioria das pessoas ainda se rende muito facilmente ao script que nos entregam no berço, sem bolar outras formas de ser feliz – e até outras formas de ser infeliz. Se todo mundo diz que separação é, obrigatoriamente, um colapso de consequências trágicas, lá vamos nós nos comportar como se estivéssemos vivendo as tais consequências trágicas, quando talvez estejamos apenas temendo a liberdade à qual nos desacostumamos, mais nada.

Claro que toda separação é um angu, mas há maneiras e maneiras de se lidar com ela. Uns aceitam a tristeza como algo inevitável, temporário e enriquecedor, outros transformam sua dor em catarse coletiva onde o humor e a inteligência vencem no final. Qual desses roteiros é mais realista? Eu diria que tudo é real, transitório e reversível. Assim como um casamento pode não dar certo, uma separação também pode não dar certo. Não é uma ideia alentadora? Gente, nossa separação não deu certo! Volta tudo como era antes.

Melhor do que se preocupar com um *happy end* ou com um *unhappy end* é desejar que tudo tenha uma continuidade, estejamos sós ou acompanhados. O livro da Stella é mais ou menos isto: uma caminhada cheia de contratempos até descobrir com alívio, lá no fim, que não há fim, a vida segue.

19 de março de 2006

UMA VIDA INTERESSANTE

"E se eu lhe disser que estou com medo de ser feliz pra sempre?" pergunta ao seu analista a personagem Mercedes, da peça *Divã*, que estreia hoje em Porto Alegre.

É uma pergunta que vem ao encontro do que se debateu dias atrás num programa de tevê. O psicanalista Contardo Calligaris comentou que ser feliz não é tão importante, que mais vale uma vida interessante. Como algumas pessoas demonstraram certo desconforto com essa citação, acho que vale um mergulhinho no assunto.

"Ser feliz", no contexto em que foi exposto, significa o cumprimento das metas tradicionais: ter um bom emprego, ganhar algum dinheiro, ser casado e ter filhos. Isso traz felicidade? Claro que traz. Saber que "chegamos lá" sempre é uma fonte de tranquilidade e segurança. Conseguimos nos enquadrar, como era o esperado. A vida tal qual manda o figurino. Um delicioso feijão com arroz.

E o que se faz com nossas outras ambições?

Não por acaso a biografia de Danuza Leão estourou. Ali estava a história de uma mulher que não correu atrás de uma vida feliz, mas de uma vida intensa, com todos os preços a pagar por ela. A maioria das pessoas lê esse tipo de relato como se fosse ficção. Era uma vez uma mulher charmosa que foi modelo internacional, casou com jornalistas respeitados, era amiga de intelectuais, vivia na noite carioca e, por tudo isso, deu a sorte de viver uma vida interessante. Deu sorte? Alguma, mas nada teria acontecido se ela não tivesse tido peito. E ela sempre teve. Ao menos, metaforicamente.

Pessoas com vidas interessantes não têm fricote. Elas trocam de cidade. Investem em projetos sem garantia. Interessam-se por gente que é o oposto delas. Pedem demissão sem ter outro emprego em vista. Aceitam um convite para fazer o que nunca fizeram. Estão dispostas a mudar de cor preferida, de prato predileto. Começam do zero inúmeras vezes. Não se assustam com a passagem do tempo. Sobem no palco, tosam o cabelo, fazem loucuras por amor, compram passagens só de ida.

Para os rotuladores de plantão, um bando de inconsequentes. Ou artistas, o que dá no mesmo.

Ter uma vida interessante não é prerrogativa de uma classe. É acessível a médicos, donas de casa, operadores de telemarketing, professoras, fiscais da Receita, ascensoristas. Gente que assimilou bem as regras do jogo (trabalhar, casar, ter filhos, morrer e ir pro céu), mas que, a exemplo de Groucho Marx, desconfia dos clubes que lhe aceitam como sócia. Qual é a relevância do que nos é perguntado numa ficha de inscrição, num cadastro para avaliar quem somos? Nome, endereço, estado civil, RG, CPF. Aprovado. Bem-vindo ao mundo feliz.

Uma vida interessante é menos burocrática, mas exige muito mais.

22 de março de 2006

ELES SÓ PENSAM NISSO

Quarta-feira passada, estreia da peça *Divã*. Termina o espetáculo, os homens saem apressados e se amontoam uns sobre os outros num cantinho do Theatro São Pedro, como se ali estivesse acontecendo uma exposição clandestina com fotos de mulheres nuas. Mas não há mulher nua nenhuma. Ali há uma televisão, à frente da qual eles se acotovelam para ver os momentos finais do jogo Inter versus Pumas.

Dia seguinte, a dança de Deborah Colker encanta a plateia do Sesi. Assim que os bailarinos encerram a apresentação, as luzes se acendem e os homens arrancam seus celulares dos bolsos com a ansiedade de quem precisa saber se o filho já chegou da missão no Haiti ou se a irmã sobreviveu à cirurgia no cérebro. Logo descobrem o que querem descobrir. E começa o troca-troca de informações entre seres que nunca se viram, mas que agem como se fizessem parte de uma confraria: "Um a zero!", "Vão pros pênaltis", "Vai dar", "Sei não". Eles ainda nem chegaram ao estacionamento e já não têm a mínima lembrança do que assistiram no palco momentos atrás. O Grêmio perdeu.

Sério, acho comovente essa devoção.

Não é que homens gostem de futebol, é muito mais do que gostar. Eles ampliam seu universo através desse esporte. Tudo o que se diz, preconceituosamente, que um homem não é, ele é, desde que esteja num estádio ou em frente à tevê.

Ele se emociona, chora, festeja, pula, abraça, faz festa, se desespera. Dá um salto mortal sem nunca antes ter dado uma cambalhota. Extravasa-se. Solta no berro todas as injustiças acumuladas na semana e fica com o semblante abobalhado diante de um drible, como se estivesse assistindo ao vivo o jogo de pernas da Juliana Paes. Ele é tudo, menos um insensível.

Outra coisa: dizer que homens não têm boa memória para datas e acontecimentos importantes só pode ser implicância. Pergunte a qualquer um há quanto tempo não acontece um Grenal, em que dia começa a Copa, qual a escalação do time que ganhou a medalha de prata nas Olimpíadas de 2004, e ele acertará as duas primeiras perguntas e engasgará na terceira, quando então se dará conta da pegadinha: a seleção masculina não se classificou para disputar os jogos de Atenas. Não trucide o coitado.

A meu ver, todos os gols do *Fantástico* são iguais entre si e iguais aos que foram mostrados em 1979, 1985, 1994, mas quem sou eu? Apenas uma mulher. No entanto, não é por ser mulher que vou fazer coro com aquelas que vivem reclamando de seus maridos e namorados por causa da segunda paixão deles. Segunda paixão, sim. A primeira é a mulherada. Visualize a cena: vários homens dentro de um teatro enquanto seu time está lá fora jogando. Se existe prova de amor maior, não conheço.

29 de março de 2006

FALAR

Já fui de esconder o que sentia, e sofri com isso. Hoje não escondo nada do que sinto e penso, e às vezes também sofro com isso, mas ao menos não compactuo mais com um tipo de silêncio nocivo: o silêncio que tortura o outro, que confunde, o silêncio a fim de manter o poder num relacionamento.

Assisti ao filme *Mentiras sinceras* com uma pontinha de decepção – os comentários haviam sido ótimos, porém a contenção inglesa do filme me irritou um pouco. Nos momentos finais, no entanto, uma cena aparentemente simples redimiu minha frustração. Embaixo de um guarda-chuva, numa noite fria e molhada, um homem diz para uma mulher o que ela sempre precisou ouvir. E eu pensei: como é fácil libertar alguém de seus fantasmas e, libertando-o, abrir uma possibilidade de tê-lo de volta, mais inteiro.

Falar o que se sente é considerado uma fraqueza. Ao sermos absolutamente sinceros, a vulnerabilidade se instala. Perde-se o mistério que nos veste tão bem, ficamos nus. E não é esse tipo de nudez que nos atrai.

Se a verdade pode parecer perturbadora para quem fala, é extremamente libertadora para quem ouve. É como se uma mão gigantesca varresse num segundo todas as nossas dúvidas. Finalmente, se sabe.

Mas sabe-se o quê? O que todos nós, no fundo, queremos saber: se somos amados.

Tão banal, não?

E no entanto essa banalidade é fomentadora das maiores carências, de traumas que nos aleijam, nos paralisam e nos afastam das pessoas que nos são mais caras. Por que a dificuldade de dizer para alguém o quanto ela é – ou foi – importante? Dizer não como recurso de sedução, mas como um ato de generosidade, dizer sem esperar nada em troca. Dizer, simplesmente.

A maioria das relações – entre amantes, entre pais e filhos, e mesmo entre amigos – se ampara em mentiras parciais e verdades pela metade. Pode-se passar anos ao lado de alguém falando coisas inteligentes, citando poemas, esbanjando presença de espírito, sem ter a delicadeza de fazer a aguardada declaração que daria ao outro uma certeza e, com a certeza, a liberdade. Parece que só conseguimos manter as pessoas ao nosso lado se elas não souberem tudo. Ou, ao menos, se não souberem o essencial. E assim, através da manipulação, a relação passa a ficar doentia, inquieta, frágil. Em vez de uma vida a dois, passa-se a ter uma sobrevida a dois.

Deixar o outro inseguro é uma maneira de prendê-lo a nós – e este "a nós" inspira um providencial duplo sentido. Mesmo que ele tente se libertar, estará amarrado aos pontos de interrogação que colecionou. Somos sádicos e avaros ao economizar nossos "eu te perdoo", "eu te compreendo", "eu te aceito como és" e o nosso mais profundo "eu te amo" – não o "eu te amo" dito às pressas no final de uma ligação telefônica, por força do hábito, e sim o "eu te amo" que significa: "Seja feliz da maneira que você escolher, meu sentimento permanecerá o mesmo".

Libertar uma pessoa pode levar menos de um minuto. Oprimi-la é trabalho para uma vida. Mais que as mentiras, o silêncio é que é a verdadeira arma letal das relações humanas.

2 de abril de 2006

UM LUGAR PARA CHORAR

A dor vinha represada há dias, a mulher desejava apenas que não vazasse em hora imprópria, mas que controle poderia ter? Estava dirigindo rumo ao supermercado, quando uma música escapou do rádio para devorá-la inteira, e então, às dez e vinte de uma manhã de sexta-feira, numa rua bastante movimentada, ela começou a chorar.

Buscou os óculos na bolsa, mas não desligou o rádio, pois já não havia remédio, agora que desaguava. Os pensamentos aproveitaram a correnteza e invadiram o cérebro, cristalinos. Todas as verdades emergiram juntas: já que não havia mais como parar o sofrimento, ao menos seria prudente estacionar o carro. Procurou uma rua calma, encostou no meio-fio, mas havia pessoas na calçada. Arrancou. Em outra rua, estacionou diante de um prédio, mas logo viu o porteiro levantando do banquinho e se aproximando, quem é essa estranha a esta hora? Foi embora.

Deslizou por avenidas que exigiam mais velocidade, mas não conseguia ultrapassar os quarenta quilômetros por hora, impossível ir rápido para lugar nenhum. Ela passeava lentamente pela tristeza que finalmente tinha vindo ao seu encontro, sem escolher o momento.

Perto do supermercado, quando já parecia que estava começando a se controlar, uma nova implosão jogou mais e mais lágrimas pra fora, precisava parar. Foi para os arredores de um colégio, mas ali não era seguro, havia muitos conhecidos. Tentou uma pequena e abandonada alameda residencial, mas viu olhos espiando por trás das cortinas. Foi um pouco mais adiante, parou de novo em frente a um terreno baldio, e aí foi o medo que não permitiu que ficasse, era só o que faltava ser vítima de alguma outra violência, já lhe bastava o assalto dessa emoção que não cessava.

O ray-ban apoiado no nariz vermelho tentava esconder a pele úmida. Que ninguém alinhe o carro ao lado do meu neste sinal fechado, ela pensava enquanto pensava também em como estava vivendo a vida errada, a vida de outra pessoa que não era ela. Por onde começar a procurar aquela outra que havia sido um dia? Não se dava conta de que era exatamente o que acontecia, o tumultuado encontro dela com ela mesma a lhe atropelar por dentro.

Diminuiu o ritmo perto de uma igreja, mas havia uma parada de ônibus, impossível deter-se ali. Encostou diante de outro prédio, mas já havia morado naquela rua. Na frente do parque, não. Alguém viria cumprimentar, sempre há alguém que lembra de você de algum lugar.

Não conseguindo estacionar o carro, foi obrigada a estancar o choro. Limpou o rosto com um lenço de papel que encontrou no porta-luvas, olhou pelo retrovisor para ver se a aparência denunciava sua situação, e resolveu que dava para enfrentar a vida, bastava não tirar o ray-ban da cara.

Chegando ao supermercado, pegou um carrinho de compras e consultou a lista que a empregada lhe dera. Farinha. Carne de segunda. Azeite. Papel higiênico. Cebola. A mulher que ela não era assumira de novo o comando.

23 de abril de 2006

O CAFÉ DO PRÓXIMO

Foi em Praga, na República Tcheca, que surgiu o hábito do "café pendente". Tudo começou com o personagem de um livro. Ele entra num bar, toma um café e, quando vem a conta, ele paga dois, explicando pra garçonete: "Pago o meu e deixo um pendente". Inaugurou-se assim o costume de se deixar pago dois, para o caso de surgir alguém sem trocado para um cafezinho. A Livraria Argumento, do Rio, que tem em suas dependências o charmoso Café Severino, adotou esse esquema, rebatizando-o de "café do próximo". Colocou um quadro-negro na entrada e ali vai anotando todos os cafés pendentes do dia, aqueles que já foram pagos. Às vezes tem dois, às vezes três, às vezes nenhum. Quem chega sem grana e vê ali no quadro que há um café pendente, pode pedi-lo sem constrangimento. Quando voltar outro dia, com dinheiro, poderá, se quiser, pagar dois e retribuir a gentileza para o próximo desprevenido. E assim mantém-se a corrente, e ninguém fica sem café.

Num país como o nosso, com tanta gente passando dificuldades e com governantes tão desinteressados no bem-estar social, essa história me pareceu quase uma parábola. Num cantinho do Rio de Janeiro, uns pagam os cafés dos outros, colocando em prática o tal "fazer o bem sem olhar a quem". Claro que é apenas um charme que a livraria oferece, sem pretensão de mudar o mundo, mas eu fico pensando que esse tipo de mentalidade poderia ser mais propagado entre nós. Imagine se a moda pega em açougues, mercados, cinemas. Você compra seis salsichões e paga sete, deixando um pendente. Você faz as compras no mercado e deixa dois quilos de arroz pendentes. Vai ao cinema e, em vez de comprar uma entrada, compra duas. Em todos os estabelecimentos comerciais do país, haveria um quadro-negro avisando as pendências destinadas ao próximo. Não soluciona nada, mas é simpático.

Tá bom, eu sei, posso até ver a confusão. Uns não iriam topar deixar pago nem um copo d'água para estes "vagabundos que não trabalham". Alguns comerciantes rejeitariam a proposta sob o argumento de que "meu estabelecimento vai ficar cheio de mendigos". Realmente, talvez não seja uma boa ideia para ganhar as ruas, ao menos não num país onde a carência é tanta, a falta de segurança é tanta, a desordem é tanta e a malandragem, nem se fala. Melhor deixar o "café do próximo" como um charme a mais dentro de uma livraria carioca. Mas de uma coisa não tenho dúvida: esse exemplo pequeníssimo de boa vontade terá que um dia ser ampliado por todos nós. Vai ter uma hora em que a gente vai ter que parar de blá-blá-blá e fazer alguma coisa de fato. Ou a gente estende a mão pro tal do próximo, ou o próximo vai continuar exigindo o dele com uma faca apontada pra nossa garganta. Esperar alguma atitude vinda de Brasília? Aqueles não são os próximos, aqueles são os cada vez mais distantes. Deles não esperemos nada. Ou a sociedade se mexe e estabelece novas formas de convívio social, com ideias simples, mas operacionais, ou o café do próximo vai nos custar cada vez mais caro.

25 de abril de 2006

TERAPIA DO AMOR

O filme *Terapia do amor* conta a história de uma mulher de 37 anos que se envolve com um garotão de 23, e a coisa funciona às maravilhas, é claro, porque um homem e uma mulher a fim um do outro é sempre uma combinação explosiva, não importa a idade. Mas como em todo conto de fadas que se preze, há a bruxa, no caso a mãe do guri, que não gosta nadinha da ideia, mesmo sendo uma psicanalista de cabeça feita – aliás, psicanalista da própria nora, descobre ela tarde demais. Desse "triângulo" surgem as tiradas engraçadas (Meryl Streep dando show, como sempre) e também a partezinha do filme que faz pensar.

Pensei. Mas não na questão da diferença de idade, tão comum nas relações atuais. Se antes era natural homens mais velhos se relacionarem com ninfetas, agora as mulheres mais maduras (não existe mulher velha antes dos cem) se relacionam com caras mais jovens e está tudo certo, até porque eles também tiram proveito. A troco de que gastar energia com uma garotinha cheia de inseguranças? Mais vale uma quarentona que perdeu a chatice natural de toda mulher e se tornou serena, independente, autoconfiante e bem-humorada. São mais relaxadas, garantem o próprio sustento e não perdem tempo fazendo drama à toa. Qual o homem que não vai querer uma mulher assim? Se você acha que este parágrafo foi uma defesa em causa própria e a de todo o mulherio que não tem mais vinte anos, acertou, parabéns, pegue seu brinde na saída.

Sem brincadeira: o mais interessante do filme, a meu ver, foi mostrar que é difícil viver um relacionamento sabendo que ele vai terminar ali adiante, mas que, mesmo assim, vale a pena, nunca será um tempo perdido. Fomos todos criados para o "pra sempre", como se o objetivo de todos os casais ainda fosse o de constituir família. Quando é, convém pensar a longo prazo. Só que hoje muitas pessoas se relacionam sem nenhum outro objetivo que não seja o de estar feliz naquele exato momento, mesmo sabendo que as diferenças de religião, idade, condição social ou ideologia poderão encurtar a história (poderão, não quer dizer que irão). Há cada vez menos iludidos. Poucos são aqueles que atravessam uma vida tendo um único amor, então, vale o que está sendo vivido, o momento presente. "Dar certo" não está mais relacionado ao ponto de chegada, mas ao durante.

A personagem de Meryl Streep, depois de ter todos os chiliques normais de uma mãe que acha que o filhote está perdendo em vez de estar ganhando com a experiência, organiza melhor seus pensamentos e diz, ao final do filme, uma coisa que pode parecer fria para ouvidos mais sensíveis, mas é um convite a cair na real: "Podemos amar, aprender muito com esse amor e partir pra outra". O compromisso com a eternidade é opcional e ninguém merece ser chamado de frívolo por não fazer planos de aposentar-se juntos.

Já escrevi sobre isso em outras ocasiões e sempre acham que estou descrevendo o apocalipse. Ao contrário, triste é passar a vida falando mal do casamento – estando casado – e colecionando casos extraconjugais e mentiras dolorosas. Melhor legitimar os amores mais leves, menos fóbicos, comprometidos com os sentimentos e não com as convenções. Esses serão os melhores amores, que poderão, quem sabe, até durar para sempre, o que será uma agradável surpresa, jamais uma condenação.

7 de maio de 2006

OS HONESTOS

Eles não são muitos, mas nada impede que apareçam na sua vida de repente e coloquem tudo a perder. Eu sei que você se protege, que seus advogados estão bem instruídos, que o pessoal do Recursos Humanos sente o cheiro dessa gente de longe, mas descuidos acontecem, e a qualquer hora do dia ou da noite você pode ter a infelicidade de topar com um deles na sua empresa com crachá e tudo, infiltrado dentro desse império que você construiu com tanto esforço e dedicação, e será o seu fim. Ele vai jogar seu nome na lama. Ele, o honesto.

O honesto não dá pinta de que é honesto, parece um sujeito comum, que você até apresentaria para sua filha. Você jura que ele ganha seu sustento como todo mundo, fazendo uma maracutaiazinha aqui, uma sonegaçãozinha ali, tudo nos conformes. Mas não, ele não é como todo mundo. Ele teve uma infância diferente. Teve pais que lhe deram valores e princípios. É um produto do seu meio, não tem culpa. De certa forma, a sociedade é responsável por ele. Ele é um excluído que só quer encontrar uma forma de sobrevivência, de ser alguém na vida. Escolheu este, o caminho da honestidade.

Veja o que aconteceu nos Estados Unidos recentemente. Um funcionário de uma empresa de TV a cabo se recusou a mentir para os clientes. A companhia sempre treinou seus técnicos para ligarem o equipamento de TV à linha telefônica dos assinantes com o objetivo de lucrar mais. Um troço corriqueiro. Os técnicos diziam que era um procedimento de praxe, que se o equipamento não fosse ligado à linha ele não funcionaria direito – uma mentirinha inocente –, então os clientes topavam e a empresa forrava o bolso de dinheiro com o pagamento das taxas de conexão. Estava tudo correndo bem, até que surgiu esse funcionário que resolveu avisar os clientes de que não era preciso fazer a conexão. Pronto. Por causa de uma única célula ruim, a empresa perdeu milhões, sem falar na desmoralização pública. O sujeito foi demitido, claro.

Assim como ele, há outros honestos atrapalhando o desenvolvimento da sociedade. São aqueles que se negam a receber uma propinazinha para agilizar uma negociação, que denunciam pequenas armações, que não superfaturam notas, que insistem em dizer sempre a verdade e que dão o péssimo exemplo de devolver o que não é deles, menosprezando a própria sorte.

São médicos que não prescrevem remédios à toa, mesmo que o paciente ache que está doente (se ele acha, o que custa incentivá-lo a consumir uns comprimidinhos e alavancar a indústria farmacêutica?). São comerciantes que não vendem produtos com o prazo de validade vencido, servidores que não vendem carteiras de habilitação para quem não fez teste de direção, donos de bar que não vendem bebida alcoólica para menores, todos puxando o freio de mão da nossa economia. Sem falar nos que jamais desviam dinheiro – e assim não distribuem renda.

Não dá pra acobertar essa gente. Quando se desmascara um, tem mesmo que colocar na primeira página do jornal.

10 de maio de 2006

A MELHOR MÃE DO MUNDO

Você é. Sua vizinha também. A Maitê. A Malu. A Cláudia. Eu, naturalmente. Somos as melhores mães do mundo. Aliás, essa é a única categoria em que não há segundo lugar, todas as mães são campeãs, somos bilhões de "as melhores" espalhadas pelo planeta. Ao menos, as melhores para nossos filhos, que nunca tiveram outra.

Não é uma sorte ser considerada a melhor, mesmo se atrapalhando tanto? Mãe erra, crianças. E improvisa. Mãe não vem com manual de instruções: reage apenas aos mandamentos do coração, o que tem um inestimável valor, mas não substitui um bom planejamento estratégico. E planejamento é tudo o que uma mãe não consegue seguir, por mais que livros, revistas e psicólogos tentem nos orientar.

Um dia um exame confirma que você está grávida e a felicidade é imensa e o pânico também. Uau, vou ser responsável pela criação de um ser humano! (Papai também vai, mas em agosto a gente fala dele.) A partir daí, nunca mais a vida como era antes. Nunca mais a liberdade de sair pelo mundo sem dar explicações a ninguém. Nunca mais pensar em si mesma em primeiro lugar. Só depois que eles fizerem dezoito anos, e isso demora. E às vezes nem adianta.

O primeiro passo é se acostumar a ser uma pessoa que já não pode se guiar apenas pelos próprios desejos. Você continuará sendo uma mulher ativa, autêntica, batalhadora, independente, estupenda, mas cem por cento livre, esqueça. De maridos você escapa, dos próprios pais você escapa, mas da responsabilidade de ser mãe, jamais. E nem você quer. Ou será que gostaria?

De vez em quando, sim, gostaríamos de não ter esse compromisso com vidas alheias, de não precisar monitorar os passos dos filhotes, de não ter que se preocupar com a violência que eles terão que enfrentar, de não sofrer pelas dores de cotovelo deles, de não temer por suas fragilidades, de não ficar acordadas enquanto eles não chegam e de não perder a paciência quando eles fazem tudo ao contrário do que sonhamos.

Gostaríamos que eles não falassem mal de nós nos consultórios dos psiquiatras, que eles não nos culpassem por suas inseguranças, que não fôssemos a razão de seus traumas, que esquecessem os momentos em que fomos severas demais e que nos perdoassem nas vezes em que fomos severas de menos. Há sempre um "demais" e um "de menos" nos perseguindo. Poucas vezes acertamos na intensidade dos nossos conselhos e críticas.

Mas é assim que somos: às vezes exageradamente enérgicas em momentos bobos, às vezes um tantinho condescendentes na hora de impor limites. A gente implica com alguns amigos deles e adora outros e não consegue explicar por que, mas nossa intuição diz que estamos certas. Mas de que adianta estarmos certas se eles só se darão conta disso quando tiverem os próprios filhos?

Erramos em forçá-los a gostar de aipo, erramos em agasalhá-los tanto para as excursões do colégio, erramos em deixar que passem a tarde no computador em véspera de prova, erramos em não confiar quando eles dizem que sabem a matéria, erramos em nos escabelar porque eles estão com os olhos vermelhos (pode ser resfriado!), erramos quando não os olhamos nos olhos, erramos quando fazemos drama por nada, erramos um pouquinho todo dia por amor e por cansaço.

O que nos torna as melhores mães do mundo é que nossos erros serão sempre acertos, desde que estejamos por perto.

14 de maio de 2008

O QUE MAIS VOCÊ QUER?

Era uma festa familiar, dessas que reúnem tios, primos, avós e alguns agregados ocasionais que ninguém conhece direito. Jogada no sofá, uma garota não estava lá muito sociável, a cara era de enterro. Quieta, olhava para a parede como se ali fosse encontrar a resposta para a pergunta que certamente martelava em sua cabeça: o que estou fazendo aqui? De soslaio, flagrei a mãe dela também observando a cena, inconsolável, ao mesmo tempo em que comentava com uma tia: "Olha pra essa menina. Sempre com essa cara. Nunca está feliz. Tem emprego, marido, filho. O que ela pode querer mais?"

Nada é tão comum quanto resumirmos a vida de outra pessoa e achar que ela não pode querer mais. Fulana é linda, jovem e tem um corpaço, o que mais ela quer? Sicrana ganha rios de dinheiro, é valorizada no trabalho e vive viajando, o que é que lhe falta?

Imaginei a garota acusando o golpe e confessando: sim, quero mais. Quero não ter nenhuma condescendência com o tédio, não ser forçada a aceitá-lo na minha rotina como um inquilino inevitável. A cada manhã, exijo ao menos a expectativa de uma surpresa, quer ela aconteça ou não. Expectativa, por si só, já é um entusiasmo.

Quero que o fato de ter uma vida prática e sensata não me roube o direito ao desatino. Que eu nunca aceite a ideia de que a maturidade exige um certo conformismo. Que eu não tenha medo nem vergonha de ainda desejar.

Quero uma primeira vez outra vez. Um primeiro beijo em alguém que ainda não conheço, uma primeira caminhada por uma nova cidade, uma primeira estreia em algo que nunca fiz, quero seguir desfazendo as virgindades que ainda carrego, quero ter sensações inéditas até o fim dos meus dias.

Quero ventilação, não morrer um pouquinho a cada dia sufocada em obrigações e em exigências de ser a melhor mãe do mundo, a melhor esposa do mundo, a melhor qualquer coisa. Gostaria de me reconciliar com meus defeitos e fraquezas, arejar minha biografia, deixar que vazem algumas ideias minhas que não são muito abençoáveis.

Queria não me sentir tão responsável sobre o que acontece ao meu redor. Compreender e aceitar que não tenho controle nenhum sobre as emoções dos outros, sobre suas escolhas, sobre as coisas que dão errado e também sobre as que dão certo. Me permitir ser um pouco insignificante.

E, na minha insignificância, poder acordar um dia mais tarde sem dar explicação, conversar com estranhos, me divertir fazendo coisas que nunca imaginei, deixar de ser tão misteriosa pra mim mesma, me conectar com as minhas outras possibilidades de existir. O que eu quero mais? Me escutar e obedecer ao meu lado mais transgressor, menos comportadinho, menos refém de reuniões familiares, marido, filhos, bolos de aniversário e despertadores na segunda-feira de manhã. E também quero mais tempo livre. E mais abraços.

Pois é, ninguém está satisfeito. Ainda bem.

28 de maio de 2006

LAÇOS

Se o filme é daqueles que as pessoas acampam na frente do cinema um dia antes da estreia, de cara já risco da minha lista. Não vou. Mas se é daqueles que as salas ficam vazias, só uns abnegados enfrentam, tá pra mim. Se você fizer parte desse seletíssimo grupo "do contra", então reserve um tempo para assistir *Estrela solitária*, que não é nem nunca será um blockbuster (orçamento de mirrados onze milhões de dólares) mas compensa o preço do ingresso.

Mais uma vez Wim Wenders nos coloca na estrada com personagens outsiders em busca de alguma coisa que está faltando. No caso de *Estrela solitária*, o que falta é, adivinhe, sentido pra vida. A história: depois de muito sexo, drogas e fama, um ator agora decadente abandona um set de filmagens para buscar sabe-se lá o que no meio da aridez norte-americana. Encontra a mãe, primeiro, que não via há trinta anos. Depois encontra um ex-amor e um filho que não sabia que existia. Encontra-se a si mesmo? Tenta, ao menos.

O filme é um on the road de trás pra frente: em vez de ter buscado a liberdade e um futuro mais aventureiro, o personagem gostaria mesmo era de ter tido laços mais permanentes, ter tido bem menos liberdade e mais comprometimento. Cá entre nós, numa época em que ninguém quer ser de ninguém, um homem que quer ser de alguém é um tema revolucionário.

Não que o filme tenha essa pretensão. O diretor Wim Wenders – aliado ao roteirista e ator Sam Shepard, sempre cool – é econômico e não pretende fazer carnaval nenhum das emoções. Simplesmente mostra poesia onde há poesia, e um pouco de música boa. Em termos de fotografia, o filme é uma pintura. O homenageado é Edward Hopper, o artista que melhor retratou a solidão e o isolamento do ser humano. Não fosse por nada mais, só por certos enquadramentos valeria o filme.

Mas vale por mais. Vale pela cena em que Sam Shepard passa 24 horas sentado num sofá abandonado no meio da rua, sem ter para onde ir. Vale pelo jogo de luz e sombras. Vale pela economia de diálogos, pela total falta de frases feitas. Vale para mostrar que personagens fictícios jamais compensarão uma boa vida real.

E vale porque durante duas horas você está dentro de um cinema protegido dessa bandidagem que se tornou nossas vidas, em que roubo de carro é notícia, celular em presídio é notícia, em que só é notícia o macabro. Cinema te recupera um pouco dessa esquizofrenia.

Pode ser que você cochile em alguns momentos, se for muito ligado em filme de ação. Mas vá. Nem que seja pra resgatar o belo e descansar de tanto barulho.

28 de maio de 2006

DIA MUNDIAL SEM TABACO

Para que serve um "Dia Mundial" de qualquer coisa? Para provocar uma reflexão, e isso não é pouco se levarmos em consideração que ninguém anda muito a fim de pensar em nada. Pois hoje é o "Dia Mundial Sem Tabaco", e é claro que vem aí todo um discurso sobre os riscos causados pelo fumo. Uma cantilena necessária, ainda que as pessoas saibam muito bem o veneno que estão tragando. Seria hoje um bom dia para romper com esse hábito? É um dia excelente, clássico. Pare, se for capaz. Mas tem uma coisa ainda mais importante e muito mais fácil para se determinar hoje: não *começar* a fumar!

Os números são alarmantes: cem mil jovens começam a fumar todos os dias. Nesta quarta-feira, no mundo todo, tem cem mil garotos e garotas acendendo seu primeiro cigarro. Amanhã serão outros cem mil. E sexta, mais cem mil. Como é que as pesquisas chegaram neste número eu não sei, mas a verdade é que tem gente à beça no planeta e cem mil pode ser um chute bem aproximado.

A gente sabe por que um fumante tenta parar, mas o que faz um não fumante começar? Até algumas décadas atrás, começava-se a fumar por autoafirmação. Todo adolescente sonha em crescer de uma vez, parecer mais maduro do que é – e mais charmoso. O importante era ter Charm, alguém lembra? E levar vantagem em tudo. E sentir um raro prazer. "Hollywood, o sucesso!" Por muito tempo o cigarro foi associado à aventura, beleza, classe, virilidade, erotismo. Com espinhas na cara não se tem nada disso, mas dá pra comprar uma carteira no boteco da esquina e bancar o tal.

Dei minha primeira tragada aos treze anos e o cigarro me enjoou tremendamente, mas não me deixei abater, eu também queria ter charme, então insisti nessa insensatez durante algum tempo, até que comecei a dar vexames públicos, passando mal de verdade. Descobri que era preferível abrir mão do charme e ter minha reputação preservada. E o meu pulmão também. Foi litigioso: eu e ele nos abandonamos para nunca mais.

Com o fim da propaganda e da associação do cigarro a pessoas vitoriosas, fumar perdeu status, passou a ser considerado uma fraqueza humana. Hoje os adolescentes se autoafirmam de outras maneiras – através da roupa, do esporte, da ficação, dos blogs e, tendo a cabeça fraca, através de pichações, bebedeiras e rachas. Observo diariamente alunos em portões de escolas e ninguém fuma. Quando eu estudava, bastava colocar o pé pra fora do colégio e quase todos os alunos acendiam um cigarro, se achando muito espertos. Os espertos, hoje, estão limpos. E mais bem-informados. Sabem que, quando a nicotina entra na vida de alguém, é pra ficar. Desgrudar-se é uma dificuldade. Morre-se por ela.

O cigarro dos outros nunca me aborreceu, compreendo perfeitamente que é um amor verdadeiro e difícil de largar. Quem estiver disposto, hoje é um bom dia para tentar parar, mas se não conseguir, paciência, há hábitos piores nesta vida.

Mas quem nunca fumou não escolha hoje pra começar. Nem amanhã, nem depois. Começar é que é estupidez. Começar é que não se explica.

31 de maio de 2006

MÃOS DADAS NO CINEMA

No Dia dos Namorados os restaurantes lotam, os vinhos são solicitados e as velas em cima da mesa são acendidas, há todo um clima propício para olhos nos olhos e confirmações verbais do amor. Clichê pra quem vê de fora. Estando dentro, aceita-se as regras do jogo, é uma das formas recorrentes de comemoração. Mas, tivesse eu que escolher o símbolo máximo do namoro, não me restringiria aos prazeres da mesa nem mesmo aos da cama, incluindo entre os da cama colocar sobre a colcha um gigantesco bicho de pelúcia, um dos presentes preferidos para celebrar a data. Namoro que é namoro está representado por algo muito mais simples, sutil, barato e íntimo: os dedos entrelaçados no escuro do cinema. De mãos dadas se constrói uma relação.

Do que sentem falta os amantes clandestinos? Luxúria eles têm de sobra. O que lhes falta é esta forma brejeira de intimidade: dar-se as mãos. Na rua é arriscado, há olhos por todos os lados, já no cinema é possível providenciar um encontro às escuras e ali realizar a mais tórrida aproximação de corpos, um ato realmente subversivo para adúlteros: unir as mãos como dois namorados.

Se, ao contrário, o casal tem um namoro oficializado, sem razão para segredo, ainda assim o segredo se manterá entre eles pelo simples fato de que as mãos dadas dentro do cinema não são uma representação pública de amor, e sim um carinho privado. Ninguém está testemunhando, ninguém está reparando, a plateia está toda de olho na tela, e o casal também, porém seguros um no outro através de um entrelaçamento que, à luz do dia, seria corriqueiro, um simples hábito sem maior significância, mas que num espaço compartilhado com estranhos, no escuro, torna-se uma forma particular e irresistível de cumplicidade.

Esse gesto mundano e trivial carrega um significado que muitas vezes nem mesmo um beijo – um beijo! – possui. Pergunte a uma viúva do que ela mais sente falta do falecido, e é bem capaz de ela lembrar só das incomodações que o infeliz causava, mas as mãos agarradas dentro do cinema hão de despertar sua saudade. Pergunte a mesma coisa a alguém que está vivendo uma dor de cotovelo daquelas. Mesmo sofrendo, é provável que não se comova com a lembrança das brigas e nem dos "eu te amo", mas ter que assistir a uma comédia romântica de braços cruzados há de feri-la de morte. E os casados há vinte, há trinta, há cinquenta anos? Podem atualmente rugir um para o outro na sala de jantar, mas dentro do cinema ainda tratam-se como se tivessem se conhecido ontem e não perdem o hábito instaurado no primeiro filme de suas vidas. Se não o fazem mais, é porque o casamento acabou e não foram avisados. O último resquício de amor ainda se confirma com as mãos dadas dentro do cinema. Há salvação para os que as mantêm unidas ao menos ali.

Amanhã será dia de restaurantes lotados. Aleluia, abrirão todos nesta segunda-feira, como costumam fazer as cidades civilizadas. Muitas rolhas de vinho tinto serão espocadas, umas tantas outras de champanhe. Quem tem fondue no cardápio servirá fondue, e mesmo as pizzas serão degustadas como um prato especial. Pudera, é mesmo um dia especial.

Mas será dentro dos cinemas que a declaração mais terna e espontânea se dará.

11 de junho de 2006

PIPOCAS

A cidade estava em quase absoluto silêncio, até parecia quatro da manhã, mas era pouco mais do que quatro da tarde. Levantei do sofá um instante, no final do primeiro tempo, para ir até a janela observar os prédios, as ruas. Todos estavam dentro de suas "panelas", feito grãos de pipoca que ainda não estouraram, mas faltava pouco para que explodissem. Foi bem nessa hora que Kaká marcou o primeiro gol do Brasil. A tampa da cidade se abriu e as pipocas finalmente estouraram. O povo saltou da cadeira como aquele desenho animado que passa antes dos filmes, as pipoquinhas todas em polvorosa, alegres, empolgadas. É isso, pensei: somos milhões de pipocas em ação.

Não me olhe com essa cara, juro que estou em pleno domínio das minhas faculdades mentais. É que não é fácil escrever uma coluna um dia após a estreia do Brasil na Copa, e ainda escrever a jato, porque o jornal tem que fechar a edição. Bem que eu queria demonstrar aqui neste espaço minha perplexidade com o assassinato brutal das meninas gaúchas na Grande Florianópolis, ou falar que minha torcida pela Varig é tão grande quanto a torcida pelos Ronaldos. Mas um dia após a nossa primeira e suada vitória, não tenho como fugir de falar sobre algo relacionado a futebol. E já que não sou comentarista, não estou na Alemanha e me confundo até hoje com a lei do impedimento, pensei em apelar para uma metáfora, algo assim como comparar pessoas a pipocas, levando em consideração que a pipoca, alimento tão associado ao cinema, troca de assento durante a Copa do Mundo e se converte no melhor companheiro em frente à tevê.

Pesquisando sobre o tema, descobri que o milho que não estoura se chama piruá. Sabe aquele milho que sobra na panela e se recusa a virar um floquinho branco, macio e alegre? Piruá. E aí tenho que concordar com o escritor Rubem Alves, que já escreveu sobre o assunto: tem muita gente piruá neste planeta. Gente que não reage ao calor, que não desabrocha. Fica ali, duro, triste e inútil pro resto da vida. Não cumpre sua sina de revelar-se, de transformar-se em algo melhor. Não vira pipoca, mantém-se piruá. E um piruá emburrado, que reclama que nada lhe acontece de bom. Pois é. Perdeu a chance de entregar-se ao fogo, tentou se preservar, danou-se.

Domingo vai acontecer outra vez: todo mundo enclausurado dentro de suas panelas. Silêncio, tensão. O fogo será acendido assim que o juiz apitar o início da partida contra a Austrália. Que a seleção seja quente o bastante para nos fazer explodir. E que possa mostrar para aqueles que têm vocação para piruá que o importante na vida é reagir às emoções, e não manter-se frio, fechado, feito um grão que não honrou o seu destino.

Eis a crônica de hoje. Aquela história de que estou em pleno domínio das minhas faculdades mentais era brincadeira, como se vê.

14 de junho de 2006

A MORTE É UMA PIADA

Assisti a algumas imagens do velório do Bussunda, quando os colegas do *Casseta & Planeta* deram seus depoimentos. Parecia que a qualquer instante iria estourar uma piada. Estava tudo sério demais, faltava a esculhambação, a zombaria, a desestruturação da cena. Mas nada acontecia ali de risível, era só dor e perplexidade, que é mesmo o que a morte causa em todos os que ficam. A verdade é que não havia nada a acrescentar no roteiro: a morte, por si só, é uma piada pronta. Morrer é ridículo.

Você combinou de jantar com a namorada, está em pleno tratamento dentário, tem planos pra semana que vem, precisa autenticar um documento em cartório, colocar gasolina no carro e no meio da tarde morre. Como assim? E os e-mails que você ainda não abriu, o livro que ficou pela metade, o telefonema que você prometeu dar à tardinha para um cliente?

Não sei de onde tiraram esta ideia: morrer. A troco? Você passou mais de dez anos da sua vida dentro de um colégio estudando fórmulas químicas que não serviriam pra nada, mas se manteve lá, fez as provas, foi em frente. Praticou muita educação física, quase perdeu o fôlego, mas não desistiu. Passou madrugadas sem dormir para estudar pro vestibular mesmo sem ter certeza do que gostaria de fazer da vida, cheio de dúvidas quanto à profissão escolhida, mas era hora de decidir, então decidiu, e mais uma vez foi em frente. De uma hora pra outra, tudo isso termina numa colisão na freeway, numa artéria entupida, num disparo feito por um delinquente que gostou do seu tênis. Qual é?

Morrer é um chiste. Obriga você a sair no melhor da festa sem se despedir de ninguém, sem ter dançado com a garota mais linda, sem ter tido tempo de ouvir outra vez sua música preferida. Você deixou em casa suas camisas penduradas nos cabides, sua toalha úmida no varal, e penduradas também algumas contas. Os outros vão ser obrigados a arrumar suas tralhas, a mexer nas suas gavetas, a apagar as pistas que você deixou durante uma vida inteira. Logo você, que sempre dizia: das minhas coisas cuido eu.

Que pegadinha macabra: você sai sem tomar café e talvez não almoce, caminha por uma rua e talvez não chegue na próxima esquina, começa a falar e talvez não conclua o que pretende dizer. Não faz exames médicos, fuma dois maços por dia, bebe de tudo, curte costelas gordas e mulheres magras e morre num sábado de manhã. Se faz check-up regularmente e não possui vícios, morre do mesmo jeito. Isso é para ser levado a sério?

Tendo mais de cem anos de idade, vá lá, o sono eterno pode ser bem-vindo. Já não há mesmo muito a fazer, o corpo não acompanha a mente, e a mente também já rateia, sem falar que há quase nada guardado nas gavetas. Ok, hora de descansar em paz. Mas antes de viver tudo, antes de viver até a rapa? Não se faz.

Morrer cedo é uma transgressão, desfaz a ordem natural das coisas. Morrer é um exagero. E, como se sabe, o exagero é a matéria-prima das piadas. Só que essa não tem graça nenhuma.

21 de junho de 2006

OS RICOS POBRES

Anos atrás escrevi sobre um apresentador de televisão que ganhava um milhão de reais por mês e que em entrevista vangloriava-se de nunca ter lido um livro na vida. Classifiquei-o imediatamente como um exemplo de pessoa pobre. Agora leio uma declaração do publicitário Washington Olivetto em que ele fala sobre isso de forma exemplar. Ele diz que há no mundo os ricos-ricos (que têm dinheiro e têm cultura); os pobres-ricos (que não têm dinheiro mas são agitadores intelectuais, possuem antenas que captam boas e novas ideias) e os ricos-pobres, que são a pior espécie: têm dinheiro mas não gastam um único tostão da sua fortuna em livrarias, shows ou galerias de arte, apenas torram em futilidades e propagam a ignorância e a grosseria.

Os ricos-ricos movimentam a economia gastando em cultura, educação e viagens, e com isso propagam o que conhecem e divulgam bons hábitos. Os pobres-ricos não têm saldo invejável no banco, mas são criativos, efervescentes, abertos. A riqueza desses dois grupos está na qualidade da informação que possuem, na sua curiosidade, na inteligência que cultivam e passam adiante. São esses dois grupos que fazem com que uma nação se desenvolva. Infelizmente, são os dois grupos menos representativos da sociedade brasileira.

O que temos aqui, em maior número, é um grupo que Olivetto nem mencionou, os pobres-pobres, que devido ao baixíssimo poder aquisitivo e quase inexistente acesso à cultura, infelizmente não ganham, não gastam, não aprendem e não ensinam: ficam à margem, feito zumbis. E temos os ricos-pobres, que têm o bolso cheio e poderiam ajudar a fazer deste país um lugar que mereça ser chamado de civilizado, mas nada disso: eles só propagam atraso, só propagam arrogância, só propagam sua pobreza de espírito.

Exemplos? Vou começar por uma cena que testemunhei semana passada. Estava dirigindo quando o sinal fechou. Parei atrás de um Audi do ano. Carrão. Dentro, um sujeito de terno e gravata que, cheio de si, não teve dúvida: abriu o vidro automático, amassou uma embalagem de cigarro vazia e a jogou pela janela no meio da rua, como se o asfalto fosse uma lixeira pública. O Audi é só um disfarce que ele pôde comprar, no fundo é um pobretão que só tem a oferecer sua miséria existencial.

Os ricos-pobres não têm verniz, não têm sensibilidade, não têm alcance para ir além do óbvio. Só têm dinheiro. Os ricos-pobres pedem no restaurante o vinho mais caro e tratam o garçom com desdém, vestem-se de Prada e sentam com as pernas abertas, viajam para Paris e não sabem quem foi Degas ou Monet, possuem tevês de plasma em todos os aposentos da casa e só assistem programas de auditório, mandam o filho pra Disney e nunca foram numa reunião da escola. E, claro, dirigem um Audi e jogam lixo pela janela. Uma esmolinha pra eles, pelo amor de Deus.

O Brasil tem saída se deixar de ser preconceituoso com os ricos-ricos (que ganham dinheiro honestamente e sabem que ele serve não só para proporcionar conforto, mas também para promover o conhecimento) e se valorizar os pobres-ricos, que são aqueles inúmeros indivíduos que fazem malabarismo para sobreviver mas, por outro lado, são interessados em teatro, música, cinema, literatura, moda, esportes, gastronomia, tecnologia e, principalmente, interessados nos outros seres humanos, fazendo da sua cidade um lugar desafiante e empolgante. É esse o luxo de que precisamos, porque luxo é ter recursos para melhorar o mundo que nos coube. E recurso não é só money: é atitude e informação.

25 de junho de 2006

O QUE A DANÇA ENSINA

Reclamar do tédio é fácil, difícil é levantar da cadeira para fazer alguma coisa que nunca se fez. Pois dia desses aceitei um desafio: fiz uma aula de dança de salão, roxa de vergonha por ter que enfrentar um professor, um espelho enorme, outros alunos e meu total despreparo. Mas a graça da coisa é esta: reconhecer-se virgem. Com soberba não se aprende nada. Entrei na academia rígida feito um membro da guarda real e saí de lá praticamente uma mulata globeleza.

Exageros à parte, a dança sempre me despertou fascínio, tanto que me fez assistir ao filme que está em cartaz com o Antonio Banderas, *Vem dançar*, em que ele interpreta um professor de dança de salão que tenta resgatar a autoestima de uma turma de alunos rebeldes. Qualquer semelhança com uma dúzia de outros filmes do gênero, inspirados no clássico *Ao mestre com carinho*, não é coincidência, é beber da fonte assumidamente.

Excetuando-se os vários momentos-clichê da trama, o filme tem o mérito de esclarecer qual é a função didática, digamos assim, da dança. Na verdade, o simples prazer de dançar bastaria para justificar a prática, mas vivemos num mundo onde todos se perguntam o tempo todo "para que serve?". Para que serve um beijo, para que serve ler, para que serve um pôr do sol? É a síndrome da utilidade. Pois bem, dançar tem, sim, uma serventia. Nos ensina a ter confiança, se é que alguém ainda lembra o que é isso.

Hoje ninguém confia, é verbo em desuso. Você não confia em desconhecidos e também em muitos dos seus conhecidos. Não confia que irão lhe ajudar, não confia que irão chegar na hora marcada, não confia os seus segredos, não confia seu dinheiro. Dormimos com um olho fechado e o outro aberto, sempre alertas, feito escoteiros. O lobo pode estar a seu lado, vestindo a tal pele de cordeiro.

Então, de repente, o que alguém pede a você? Que diga sim. Que escute atentamente a música. Que apoie seus braços em outro corpo. Que se deixe conduzir. Que não tenha vergonha. Que libere seus movimentos. Que se entregue.

Qualquer um pode dançar sozinho. Aliás, deve. Meia hora por dia, quando ninguém estiver olhando, ocupe a sala, aumente o som e esqueça os vizinhos. Mas dançar com outra pessoa, formando um par, é um ritual que exige uma espécie diferente de sintonia. Olhos nos olhos, acerto de ritmo. Hora de confiar no que o parceiro está propondo, confiar que será possível acompanhá-lo, confiar que não se está sendo ridículo nem submisso, está-se apenas criando uma forma diferente e mágica de convivência. Ouvi uma coisa linda ao sair do cinema: se os casais, hoje, dedicassem um tempinho para dançar juntos, mesmo em casa – ou principalmente em casa –, muitas discussões seriam poupadas. É uma espécie de conexão silenciosa, de pacto, um outro jeito de fazer amor.

Dançar é tão bom que nem precisava servir pra nada. Mas serve.

2 de julho de 2006

EMOÇÃO X ADRENALINA

Ainda não estive com o livro nas mãos, mas já ouvi algo a respeito e me parece que deve ser uma leitura não só interessante como necessária. Chama-se *O culto da emoção*, do filósofo francês Michel Lacroix, em que ele defende que a busca irrefreável por emoções fortes, tendência dos dias de hoje, é, no fundo, um sintoma da nossa insensibilidade. "É de lirismo verdadeiro que precisamos, não de adrenalina", diz o autor. Ou seja, andamos muito trepidantes e frenéticos, mas pouco contemplativos.

Generalizando, dá pra dizer que todos nós estamos meio robotizados e só conseguimos nos emocionar se formos estimulados pela velocidade e pelo risco: só se houver perigo, só se for radical, só se for inédito, só se causar impacto. Não que isso deva ser contraindicado. Creio que uma dose de enfrentamento com o desconhecido faz bem para qualquer pessoa. Testar os próprios limites pode ser não só prazeroso como educativo, desde que você se responsabilize pelo que faz e não arraste forçosamente aqueles que nada têm a ver com suas ambições aventureiras. Vá você e que Deus lhe acompanhe.

O que não dá é para se viciar em novidades e perder a capacidade de comover-se com o banal, pela simples razão que emoção nenhuma é banal se for autêntica. Só as emoções obrigatórias é que são ordinárias. Nascimentos, casamentos e mortes emocionam apenas os que estão realmente envolvidos, senão é teatro – aquele teatrinho básico que se pratica em sociedade.

Lembro como se fosse ontem, mas aconteceu há exatos vinte anos. Eu estava sozinha – não havia um único rosto conhecido a menos de um oceano de distância – sentada na beira de um lago. Fiquei um tempão olhando pra água, num recanto especialmente bonito. Foi então que me bateu uma felicidade sem razão e sem tamanho. Deve ser o que chamam de plenitude. Não havia acontecido nada, eu apenas havia atingido uma conexão absoluta comigo mesma. Não há como contar isso sem ser piegas. Aliás, não há como contar, ponto. Não foi algo pensado, teorizado, arquitetado: foi apenas um sentimento, essa coisa tão rara.

De lá pra cá, nem hino nacional, nem gol, nem parabéns a você me tocam de fato. Isso são alegrias encomendadas e, mesmo quando bem-vindas, ainda assim são apenas alegrias, que é diferente de comoção. O que me cala profundamente é perceber uma verdade que escapou dos lábios de alguém, um gesto que era pra ser invisível mas eu vi, um olhar que disse tudo, uma demonstração sincera de amizade, um cenário esplendoroso, um silêncio que se basta. E também sensações íntimas e indivisíveis: você conquistou, você conseguiu, você superou. Quem, além de você, vai alcançar a dimensão das suas pequenas vitórias particulares?

Eu disse pequenas? Me corrijo. Contemplar um lago, rever um amigo, rezar para seu próprio deus, ver um filho crescer, perdoar, gostar de si mesmo: tudo isso é gigantesco pra quem ainda sabe sentir.

9 de julho de 2006

CASA DE VÓ

Eu faço todo o possível para respeitar a opinião e o gosto alheios. Ainda não cheguei à tolerância total, mas tenho feito progressos. Hoje consigo aceitar tranquilamente que alguém considere água tônica uma delícia ou que seja fã da banda Calypso. Cada um na sua. Mas preciso evoluir mais, muito mais, porque ainda fico perturbada quando alguém diz que foi passar a lua de mel na Disney. Tudo bem, é uma escolha, um direito, o que tenho a ver com isso? Ainda assim, não consigo evitar o espanto. Dois adultos apaixonados em lua de mel na Disney. Jantando com o Mickey!

Isso não significa que eu seja desprovida de espírito lúdico e de apreço à fantasia. Certa vez ouvi a Luana Piovani, num programa de tevê, dizer que a casa dos avós dela foi sua Disney. Bingo. A casa da minha avó também foi, Luana. Tinha uma espécie de morro nos fundos da casa, todo gramado, que dava para um outro nível do quintal. Bem no centro desse morro (deve ser um morrinho, mas a memória de uma criança não respeita proporções exatas) havia uma pequena escada de pedras, porém a gente subia sempre pela grama, claro. Éramos treze primos fazendo trekking naquele latifúndio.

Lá em cima havia a churrasqueira e algumas árvores, mas o mais tentador era um quartinho misterioso, um depósito meio sem função, nosso QG infantil, que às vezes servia de casa de bonecas, em outras, de redação de jornal – eu tinha o topete de escrever as aventuras da família. Se os fundos da casa eram mágicos, a casa propriamente dita era nossa Neverland. Tinha lareira, tinha adega, tinha sótão. Era como estar dentro de um cenário de filme, e havia também a Lúcia, uma empregada alemã que parecia uma agente da Gestapo, nunca vi loira tão séria e retesada, mas preparava um cachorro-quente que jamais os Estados Unidos viram igual. Sério: a casa da avó da gente desbanca qualquer Epcot Center.

Hoje essas casas antigas estão sendo derrubadas para dar lugar a prédios imensos, mas mesmo dentro de um apartamento é possível existir uma "casa de vó", porque casa é só uma maneira de chamar, o que vale é o espírito do lugar, e havendo uma avó que entenda seu papel de proprietária não de um imóvel, mas de um segredo, estará garantida a magia. Casa de vó é onde a lasanha e o pastelão ganham um sabor diferente, onde os ponteiros do relógio correm mais lentos, onde os ruídos são mais audíveis, onde o teto parece mais alto, onde a luz entra mais discreta entre as persianas, onde os armários escondem roupas antigas e fundos falsos, e só isso é falso, tudo mais é verdadeiro. Casa de vó é onde os brinquedos não surgem prontos, são inventados na hora. É onde a gente encontra os restos da infância dos nossos pais. E fotos de bisavós, de tios... epa, este sujeito aqui, quem é? Acalme-se, é o namorado novo da sua avó, você achou que ela ficaria viúva para sempre? Ela é sua avó, não um matusalém.

Se as avós não são mais as mesmas de antigamente, em suas casas ainda sobrevive um encanto que não muda. Serão sempre lugares secretos onde encontraremos um instrumento sem uso, alguns recortes de jornal, anéis coloridos, um bicho meio pulguento, uma máquina de escrever ou de costura, algo que seja estranho aos olhos de uma criança – e espaço, muito espaço para uma imaginação que não é estimulada nem na Disney nem na rotina maluca de hoje, só mesmo lá dentro, no endereço do nosso afeto mais profundo, onde tudo é permitido.

16 de julho de 2006

TARDE DEMAIS, NASCEMOS

Devoro tudo o que o americano Philip Roth escreve, e não foi diferente com seu mais recente lançamento, *O animal agonizante*, que é o relato de um professor de 62 anos que se apaixona por uma aluna de 24. Estimulado por essa paixão, o personagem reflete sobre a tragédia de envelhecer e as obsessões sexuais de todos nós. E sobre como é inútil tentar mudar a natureza humana. Em dado momento, ele comenta: "*É a velha história americana: salvar os jovens do sexo. Só que é sempre tarde demais. Tarde demais, porque eles já nasceram.*"

Sublinho uma, sublinho duas vezes, quase perfuro a página com a caneta, porque é isso aí: é sempre tarde demais para nos salvar, já estamos aqui, a vida está em curso, já nos apegamos aos nossos privadíssimos traumas, medos, fantasias, estamos irremediavelmente condenados a ser quem somos. Podemos, claro, amadurecer, ficar mais leves, lidar com nossas fraquezas com mais bom humor, mas suprimi-las para sempre? Sem chance. No máximo, trocamos alguns problemas por outros.

Quando a questão é sexo, então, salvar-nos do quê? Só mesmo nos impedindo de nascer para evitar que tenhamos contato com o que há de mais fabuloso e enigmático em nós: nosso desejo. Uma vez nascidos, tarde demais. Estamos em pleno poder dos nossos cinco sentidos, impossível evitar que nossos olhos vejam outros corpos, nossos narizes sintam outros cheiros, nossas mãos toquem em outras pessoas, e que sintamos o gosto delas, e ouçamos o que elas têm a nos dizer. Tudo isso provoca um curto-circuito. Até pode-se exercer a abstinência como escolha, mas nunca através de uma imposição externa, de uma pregação moralista. Tentar nos manter afastados do sexo? Só se a intenção for a de nos transformar em pervertidos.

Tarde demais, nascemos.

E uma vez nascidos, viramos homens e mulheres que tentam extrair alegrias de onde só brota dificuldade, que participam deste carnaval de sensações fartamente oferecidas dia após dia: paixões e melancolias ao nosso dispor, bastando estarmos predispostos à vida. Uma vez nascidos, temos uma cara, um corpo e a nossa alma, principalmente a alma, nosso DNA espiritual, avesso a manipulações de qualquer espécie. Tentem, mas vai ser difícil nos transformar em pedra, parede, concreto.

Podem fazer nossa cabeça, mudar nossas ideias, nos arregimentar para o seu partido. Influenciar, podem. Somos maleáveis. Mas arrancar de nós a humanidade, proibir que tenhamos sono, fome e sede, declarar-nos incapacitados para o amor, exigir que nunca mais sonhemos, que não cultivemos nosso lado mais secreto e selvagem, impossível, só se não existíssemos.

Tarde demais, nascemos.

23 de julho de 2006

O CARA DO OUTRO LADO DA RUA

Ele sabia onde ela morava, a via frequentemente saindo com o carro pela garagem, já havia até decorado a placa da atriz. O que ele não sabia é que ela, da janela do seu apartamento, reparava nele todo dia também, quando ele chegava no escritório em frente. Um moreno alto, não muito diferente de qualquer outro moreno alto.

Ele acompanhava a novela das oito que ela fazia, gostava do jeito que ela atuava, havia uma certa dignidade na escolha dos papéis, e imaginava que ela tinha diversos namorados. Ela, por sua vez, nada sabia dele, a não ser que era um homem como outro qualquer.

Um dia se cruzaram, ela saindo do prédio, ele chegando ao escritório, e por razão nenhuma se cumprimentaram. Duas vogais: oi.

Passaram semanas e um dia se abanaram, de longe. E longe permaneceram por outros tantos meses. A atriz famosa do prédio em frente. O cara do escritório do outro lado da rua. Era isso que eram um para o outro.

Não se sabe quem tomou a iniciativa, se foi ela que sorriu de um jeito mais insinuante ou se ele que acordou de manhã com o ímpeto de sair da rotina, apenas se sabe que um dia pararam na calçada para ir além das duas vogais, e ele teve a audácia de convidá-la para um café, e ela teve o desplante de aceitar.

Durante o café, ele soube que ela havia se separado recentemente, e ela soube que ele estava tentando arranjar coragem para encerrar uma relação desgastada. Ela tomou uma água mineral sem gás, ele, dois expressos, e ficaram de se falar.

No dia seguinte ele telefonou e comentou que ela havia dado a ele a coragem que faltava. O recado foi entendido, e ela aceitou prontamente um convite para jantar, e desde então não pararam mais de se tocar e de se conhecer. Ela contou, entre lençóis, que trabalhar na tevê é uma profissão como as outras, que o estrelato é uma percepção do público e que no fundo ela era uma mulher quase banal. Ele contou, durante uma viagem que fizeram juntos, da relação que tinha com os avós, da importância deles na sua infância e em como seu passado de garoto do interior havia definido seu caráter. Ela contou, enquanto cozinhavam um macarrão, que havia sido uma menina bem gordinha e que implicavam muito com ela na escola. Ele contou, enquanto procurava uma música no rádio, que havia morado em Lisboa e que seu sonho era ser pai. Ela contou, enquanto penteava o cabelo dele, que às vezes chorava mais de felicidade do que de tristeza e que ainda não sabia o que dar a ele de aniversário. Ele contou, num dia em que assistiam a um filme no DVD, que ela ia rir mas era verdade: quando garoto, ele chegou a pensar em ser padre. Ela contou, enquanto retocava o esmalte, que já havia se atrevido a escrever poemas, mas eram horríveis. Ele pediu para ler. Um dia ela mostrou. Eram horríveis mesmo. Ele mostrou os versos dele. Não é que o safado escrevia bem?

Não chegaram a viver juntos como vivem todos os casais, mas também nunca mais ficaram separados por uma janela, por uma rua, por um silêncio interrogativo, por uma possibilidade remota. Havia acontecido. Ela para ele, nunca mais uma celebridade. Ele para ela, nunca mais um homem comum.

6 de agosto de 2006

EU, VOCÊ E TODOS NÓS

Já aconteceu de cinco ou seis leitores reclamarem dos filmes que comento aqui, principalmente quando são filmes mais alternativos, menos comerciais. "Puxa, mas o que você viu naquela chatice?" Hoje vou falar sobre um deles; então, se você não gosta de nada meio fora do padrão, nem perca seu tempo. Me refiro a *Eu, você e todos nós*, filme de estreia da artista multimídia Miranda July, que tem seus trabalhos expostos no MoMA e no Museu Guggenheim, em Nova York. Agora ela se aventurou no cinema e, a meu ver, não se deu mal. Fez um filme delicado sobre um tema que sempre cai como um chumbo: a solidão.

O filme mostra fragmentos da vida de algumas pessoas aparentemente com nada em comum: uma videomaker (a própria Miranda July), um vendedor de sapatos recém-separado, um senhor que se apaixona pela primeira vez aos 70 anos, duas adolescentes planejando sua primeira experiência sexual, um menino de seis anos que entra na internet e se envolve numa correspondência picante com uma mulher, uma menininha com um hábito fora de moda – coleciona peças para seu enxoval.

Em comum, apenas a errância. Ir em frente, ir em busca, ir atrás, ir para onde? Somos obrigados a estar em movimento, mas ninguém nos aponta um caminho seguro.

Eu, você e todos nós estamos à procura de algo que ainda não experimentamos, algo que a gente supõe que exista e que nos fará mais felizes ou menos infelizes. Eu, você e todos nós tentamos salvar nossas vidas diariamente, e qual a melhor maneira para isso? Trabalhar e amar, creio eu, mas não é fácil. Os que não conseguem se realizar através do trabalho e do amor, tentam se salvar das maneiras mais estapafúrdias, alguns até colocando-se em risco, numa atitude tão contraditória que chega a comover: autoflagelo, exposição barata, superação de limites, enfim, os meios que estiverem à disposição para que sejam notados.

Eu, você e todos nós somos crianças das mais diversas idades.

Pedimos pelo amor de Deus que o telefone toque e que a partir desse toque um novo capítulo comece a ser escrito na nossa história. Fingimos que somos seres altamente erotizados e, na hora H, amarelamos. Depositamos todas as nossas fichas amorosas em pessoas que não conhecemos senão virtualmente. Disfarçamos nosso abandono com frases ousadas e sem verdade alguma. O que a gente gostaria de dizer, mesmo, é: me dê sua mão.

Eu, você e todos nós queremos intimidade, mas evitamos contatos muito íntimos. Não queremos nos machucar, mas usamos sapatos que nos machucam. A gente quer e não quer, o tempo todo. Será que durante uma caminhada de uma esquina a outra, em um único quarteirão, é possível acontecer uma paixão, uma descoberta? Quantos metros precisamos percorrer, quantos dias devemos esperar, em que momento da nossa vida irá se realizar o nosso maior sonho e, uma vez realizado, teremos sensibilidade para identificá-lo? O nosso desejo mais secreto quase sempre é secreto até para nós mesmos.

Somos uma imensa turma, somos uma enorme população, somos uma gigantesca família de solitários, eu, você, todos nós.

20 de agosto de 2006

DANDO A IMPRESSÃO

Um homem de 29 anos que viajava de avião com a mãe para a Turquia foi questionado pelos seguranças sobre um objeto suspeito que levava na bagagem. Envergonhado de dizer na frente da mãe que se tratava de um aparelho que aumentava o pênis, o engraçadinho respondeu jocosamente:

– É uma bomba.

Vai ser espirituoso assim bem longe do meu portão. Só um mentecapto pronuncia a palavra bomba dentro de um aeroporto, mesmo que esteja apenas comentando que levou bomba no vestibular ou que a festa bombou ontem à noite. Bomba é palavra proibida. Já fez muitas decolagens serem abortadas, muitos voos serem desviados e muitos piadistas serem indiciados, como aconteceu com o esperto que viajava com a mãe. Ele pode pegar três anos de prisão se condenado.

A despeito da patetice do rapaz, uma coisa está clara: a paranoia chegou a um extremo que beira o ridículo. Recentemente um avião que estava indo para a Índia teve que retornar ao aeroporto de Amsterdam porque doze passageiros demonstraram comportamento "preocupante": eles soltaram o cinto de segurança antes do aviso luminoso ser apagado. Muito preocupante. E sacaram seus celulares das bolsas, dando a impressão de que estavam tentando repassá-los para outros passageiros.

"Dar a impressão", hoje, é mais do que motivo para interromper uma viagem.

Um voo entre dois estados americanos também teve sua rota desviada porque uma comissária considerou estranho o cheiro da água que estava dentro de uma garrafa. Dava a impressão de que não era água. Ao aterrissarem, surpresa: era água.

Um homem barbudo dá a impressão de ser um terrorista árabe, um jovem pálido dá a impressão de estar com medo, um gago dá a impressão de estar nervoso, uma pessoa muito agasalhada dá a impressão de estar escondendo alguma coisa embaixo do casaco, alguém que olha muito pro relógio dá a impressão de que está controlando um detonador, alguém comendo vorazmente dá a impressão de estar fazendo sua última refeição, uma mulher que não fala com ninguém dá a impressão de não querer se denunciar. E alguém que mente, só de brincadeira, que está levando uma bomba na bagagem dá a impressão de que não leu jornal nos últimos cinco anos e pode muito bem ser louco o suficiente para estar falando a verdade.

Estamos todos paranoicos. Isso sim é preocupante.

3 de setembro de 2006

O CONTRÁRIO DA MORTE

Acabei de ler *Milagre nos Andes*, o relato impressionante de Nando Parrado, um dos sobreviventes daquele célebre acidente aéreo que aconteceu trinta anos atrás e que deixou vários jovens uruguaios perdidos no meio da cordilheira, sem comida, sem comunicação, sob temperaturas gélidas e tendo que se alimentar da carne dos colegas mortos. Agora um deles conta em detalhes como foram aqueles 72 dias de luta pela vida, num livro que se lê fácil como se fosse uma reportagem e que faz a gente se perguntar: do que, afinal, tanto reclamamos, se temos água, pão, cobertor e afeto?

Afeto, na verdade, é uma palavra soft, amor é mais contundente. Nando Parrado se propôs a mostrar que, se a morte tem um oponente, não é a vida, é o amor. É a única coisa que pode fazer alguma diferença diante da magnitude da morte, da onipresença da morte, da longevidade da morte: sim, porque a morte, a partir do momento que ocorre, passa a ter um período de duração infinito, e antes de virmos ao mundo ela também já existia nessa mesma infinitude de trás pra frente. Onde estávamos antes de nascer? De certa forma, mortos também. Nossa vida é apenas uma pequena brecha de tempo entre duas ausências acachapantes. E para justificar esse breve intervalo de vida e enfrentar a soberania da morte, só mesmo amando.

Tem se falado pouco de amor, virou uma coisa meio piegas, antiga. Hoje cultua-se muito mais a paixão e demais sentimentos vulcânicos, aqueles que fazem barulho, que inspiram loucuras, que causam polêmicas, que atormentam, que dilaceram, que fazem as pessoas se sentirem, ora, vivas. O filósofo romeno Cioran disse que é melhor viver em frenesi do que na neutralidade, e tem razão, vigor é algo de que não podemos abrir mão.

A questão é que nada é mais vigoroso que o amor, esse sentimento que erroneamente relacionamos com comodidade e mornidão, tudo porque associamos amor ao casamento: esse sim pode vir a se tornar algo acomodado e morno. O amor pega essa carona injustamente.

Amor não é apenas o que aproxima um homem e uma mulher (ou dois homens ou duas mulheres). Amor envolve pais e filhos, envolve amigos, envolve uma predisposição emocional para o trabalho, para o esporte, para a gastronomia, para a arte, para a religião, para a natureza, para o autoconhecimento. Amor é um estado de espírito que nos move constantemente, é uma energia que não se esgota, é a única coisa que faz a gente levantar de manhã todos os dias sem entregar-se para o automatismo, é o que dá algum sentido para este hiato entre duas mortes. Isto não é vulcânico? Ô. Parece sermão de padre, parece texto de romancezinho barato, parece muito piegas, sim, mas e daí? Nando Parrado só conseguiu sair do meio da neve e do nada porque pensava dia e noite na dor que seu pai estaria sentindo. Outros sobreviventes só conseguiram suportar o frio, a fome e o desespero porque tinham quem esperasse por eles do outro lado da cordilheira. Tiveram sorte, coragem e inteligência para transpor os obstáculos, e venceram, mas o próprio Nando admite: não houvesse um sentimento, pouco adiantaria.

Nós, com nossos obstáculos infinitamente mais transponíveis do que a cordilheira, deveríamos experimentar mais deste viagra motivacional chamado amor. E azar se parecermos cafonas.

3 de setembro de 2006

DELICADEZA

Já se falou muito do espetáculo de Pina Bausch apresentado semana passada em Porto Alegre, mas ainda que eu chova no molhado, vou escrever sobre o assunto também e tentar traduzir o que se viu, porque o Teatro do Sesi, ainda que imenso, não comporta todos os que gostariam e precisariam estar lá para testemunhar algo que tem estado tão afastado do nosso cotidiano: a suavidade e o espírito lúdico, próprio da infância.

A coreógrafa Pina Bausch já havia revelado em uma entrevista: "*Quando vou assistir a uma peça, quero sentir algo. Não quero só estar lá, ver o que vai ou não acontecer. Quero ver e sentir.*" Inspirada nessa sua necessidade como espectadora, Pina cria espetáculos em que não importa "o que se quer dizer" e sim o quanto se pode provocar riso, espanto, angústia, fascínio, alegria. A plateia jamais fica indiferente. Entender? Não há nada para entender. Não é uma obra feita de pontos de interrogação, e sim de pontos de exclamação. E, vá lá, algumas reticências...

Desta vez ela trouxe para o Brasil uma coreografia baseada no mundo infantil. De repente, o palco, praticamente despido de cenário, vira um grande playground, onde os dançarinos pulam corda, sentam em balões, imitam pássaros, cospem água uns nos outros, brigam, vivem suas fantasias e não temem ser julgados. Criancices. Fragmentos de uma época da vida em que a opinião dos outros não nos interessava em nada, em que tudo era permitido, tudo tinha graça, tudo era novo.

Não precisaríamos perder nada disso com a passagem do tempo, mas perdemos. Ficamos blindados. Tudo o que não for "adulto" passa à categoria do ridículo. E um belo dia nos damos conta de que não possuímos mais a leveza necessária para apreciar o que é simplesmente belo, simplesmente inusitado, simplesmente espontâneo, simplesmente sem sentido. O "simplesmente" deixa de ser algo aceitável. É preciso vir uma teoria junto, uma bula, uma explicação.

Aplausos, então, para a coordenação do Em Cena, que trouxe até nós um pouco dessa experiência teatral do sentimento pelo sentimento, através de uma dança muito profissional, mas também propositadamente amadora em seus objetivos – se é que se pode chamar de amador almejar apenas o encantamento – e que veio acompanhada de uma trilha sonora impactante, de um figurino elegantíssimo e de uma modernidade espantosa. A modernidade que há no que para alguns parece tão antigo: o simplesmente sentir.

6 de setembro de 2006

HOJE E DEPOIS DE HOJE

Não que dia de eleição não seja importante, mas vamos lembrar que, seja quem for que vá tomar decisões políticas daqui por diante, você continuará sendo dono e senhor da sua vida íntima, é de você próprio que depende o futuro: das coisas que você elegeu sozinho.

Nenhum candidato impedirá você de ler o que quiser e de dormir na hora que bem entender. Da sua liberdade, cuida você. Então, cuide mesmo.

Amanhã os jornais estamparão os nomes dos vitoriosos, e os articulistas irão especular sobre formação de ministérios e sobre as medidas que virão, e você estará satisfeito por ter votado no homem certo ou insatisfeito por terem eleito aquele que você não queria, e as coisas vão mudar, mesmo, é muito pouco. As escolhas decisivas da sua vida seguirão sendo suas, apenas.

Então deixe a vida continuar acontecendo no território que você domina, vá fazer sua caminhada como faz todos os dias, que isso nunca será impedido por decreto, e aproveite que está apaixonado para se declarar tão insistentemente que chegue ao ponto de duvidar que possa amar tanto, e se não estiver amando, trate de se abrir com urgência para esse sentimento que, entra governo e sai governo, não muda e não perde a importância.

A vida segue acontecendo nos detalhes, nos desvios, nas surpresas, nas alterações de rota que não são determinadas pelas urnas, mas por um olhar que você ainda não havia percebido, por uma palavra que você não esperava escutar e por fim escutou.

Poderíamos estar aqui conversando – eu daqui, você daí – sobre a calamidade social que o país não consegue conter, sobre como está difícil ter esperança, e quantas decepções já engolimos, mas hoje não, justamente hoje que seria o dia, vamos evitar esta discussão aborrecida e pegar um atalho, outro caminho, lembrar de quanta coisa já escolhemos e que deu certo, em quanta gente depositamos nossa confiança e que não nos faltou, em como já sofremos por pouca coisa e por muita coisa, e por todas elas nos tornamos mais fortes e preparados, então que venha o que vier, nada há de nos pegar desprevenidos, política nunca é mesmo algo muito original: mesmo sem bola de cristal podemos visualizar no horizonte o que irá repetir-se.

No entanto, o dia de amanhã poderá ser absolutamente inusual, e a política não terá nada a ver com isso. Prepare-se para fazer alguma escolha: entrar ou não num negócio, gastar ou não um dinheiro, aceitar ou não um convite, sorrir ou não para alguém. Sabe-se lá o que esta decisão tão trivial poderá fazer pela sua vida que o próximo governo não poderá.

Você já passou por tantas eleições pessoais: escolheu sua profissão, a cor do seu cabelo, o nome que seus filhos têm, o time para o qual torce, a roupa que está usando bem agora. Quem é que está no comando? Ora. Faça o que bem quiser deste seu dia e dos dias que virão. Votar é obrigatório, mas viver é muito mais.

1º de outubro de 2006, eleição presidencial

PARAR DE PENSAR

Você encontra uma lâmpada mágica no meio do deserto, dá uma esfregadinha e de dentro sai um gênio meio afetado, que concede a você a realização de um desejo. Humm... Você pediria um segundinho pra pensar? Eu não pensaria um segundo. Aliás, o meu desejo seria justamente este: por bem mais que um segundo, digamos por dois dias, gostaria de parar de pensar. Parar totalmente de pensar. Ué, Saramago escreveu sobre um lugar em que as pessoas paravam de morrer. Salve a ficção, a casa de todos os delírios. Que tal, temporariamente, parar de pensar?

Eu acordaria e não pensaria em nada. Sendo assim, voltaria a dormir, sem mais despertar todo dia às seis da manhã, como sempre faço, pensando em mil tranqueiras e coisas a providenciar. Mas parar de pensar não impede a fome, então uma hora eu teria que levantar da cama e ir pra mesa – quem decidiu o cardápio? Aleluia, eu é que não fui. Não penso mais nessas coisas.

Abro o jornal, leio todas as matérias e não me ocorre nenhum pensamento tipo: "É pro bolso destes malandros que vai meu imposto", "Não acredito que fizeram isso com uma criança" ou "Caramba, como fui perder este show?". Eu não penso, portanto, não sofro.

Passo por um espelho e não dou a mínima para o que vejo. Espinhas, olheiras, cabelo fora de moda, danem-se. Moda, falei em moda? Era só o que me faltava ocupar meu cérebro com essas trivialidades.

Tudo vazio lá dentro, um descampado, um silêncio, o paraíso.

Você não pensa mais em como aumentar sua renda mensal, em como fazer seus filhos comerem melhor, em como arranjar tempo para deixar o carro na revisão, em como encontrar um lugar barato para passar as férias, em como ajudar seus pais a atravessarem a velhice, em como não ser indelicada ao recusar um convite, em como ter coragem para chutar o balde, em como responder um e-mail irritante, em como esconder dos outros suas dores, em como arranjar tempo para ir ao médico, em como você tem medo de que as coisas nunca mudem e, se mudarem, em como enfrentar. Você não precisa pensar em mais nada, você pediu ao gênio e ele, camarada, atendeu. Aproveite, são apenas dois dias.

Não precisa ter opinião sobre o Lula, sobre o Alckmin, sobre a segurança do espaço aéreo, sobre a reviravolta do clima no planeta, sobre o último disco do Caetano, sobre o vídeo da Cicarelli, sobre os resultados do Brasileirão. Você está de férias de você. Não tem nem motivo para chorar. Seu amor se foi? Tudo bem. Você não pensa em rejeição, não pensa que ele tem outra, não pensa que vai surtar. Jogue fora os antidepressivos, não precisa nem mesmo passar creme antirrugas. Por dois dias, seu humor está neutro e suas rugas se foram. Esse seu olhar sereno, essa sua fala pausada... Nossa, sabia que você ficou até mais sexy?

Tudo isso é uma viagem sem sentido. Concordo. Mas vai dizer que, às vezes, acionar o *pause* no cérebro não lhe passa pela cabeça?

11 de outubro de 2006

VOLTANDO A PENSAR

No último domingo publiquei no caderno Donna ZH uma crônica fantasiosa em que eu imaginava como seria bom parar de pensar por uns dias, para dar um descanso pro cérebro. Os leitores aprovaram a ideia, mas os dias passaram e é hora de voltar a pensar. Proponho dois assuntos para dar uma acordada nos nossos neurônios. Primeiro: soube que dois desempregados arrancaram, anteontem, dezenove placas de sinalização da RS 331, que liga Viadutos a Gaurama, no norte do Estado. O objetivo? "Só para ver o que acontece", responderam eles. Vou dizer a eles o que acontece, dando o exemplo de um fato ocorrido na Flórida em 1997. Dois adolescentes e uma garota não tinham nada para fazer e resolveram arrancar algumas placas de PARE dos cruzamentos. No dia seguinte, três jovens transitavam por uma dessas avenidas desfalcadas de sinalização e, sem saber que estavam cruzando uma preferencial, bateram num caminhão. Morreram. É isso que acontece. E aconteceu mais: os que arrancaram as placas foram condenados, cada um, a quinze anos de prisão, e o juiz ainda disse que eles deveriam agradecer, porque assassinos não costumam pegar menos de trinta anos. A verdade é que somos, todos, homicidas em potencial. Não é preciso sair pra rua com uma arma na mão para colocar a vida dos outros em risco. Pequenas sandices como danificar placas de trânsito ou fazer rachas em vias públicas também podem provocar tragédias.

Segundo assunto: o adesivo que mostra uma mão sem o dedo mínimo com a frase *Mais 4 não! Fora Lula*, aludindo à deficiência do presidente, que teve um dedo decepado na época em que trabalhava como metalúrgico. A polêmica surgiu porque algumas pessoas consideraram o adesivo preconceituoso e ilícito. Olha, ilícito me parece que não é, mas que é de um tremendo mau gosto nem se discute. Todos têm o direito de externar sua opinião, de fazer propaganda de seu partido ou contra o partido oponente, mas usar uma deficiência que nada tem a ver com o caráter ou o currículo do candidato é preconceito, sim. O fato de o Lula não ter um dos dedos da mão é absolutamente irrelevante para o destino do país. Usar isso como uma "sacada" de marketing é fazer piada tosca e grosseira, e creio que já basta de deselegâncias nesta vida. Depois reclamamos quando crianças discriminam na escola os colegas negros, gordos, mancos, gagos, sem dedo, sem braço, sem perna. Estão seguindo exemplos, apenas isso.

Parar de pensar é um convite à meditação, não à estupidez.

18 de outubro de 2006

QUALQUER UM

A reclamação é antiga, mas continua vigente: mulheres se queixam de que não há homem "no mercado". Acabo de receber um e-mail de uma delas, contando que faz parte de um grupo de mulheres na faixa dos 35 anos que são independentes, moram sozinhas, trabalham, falam idiomas, são vaidosas, têm cultura, fazem ginástica e, mesmo com tantos atributos, seguem solteiras e temem não haver tempo para formar a própria família. No finalzinho da mensagem, descubro uma pista para a solução do problema: "Apesar de o relógio biológico estar nos pressionando, não queremos procriar com qualquer um. Queremos um cara bacana para ir ao cinema, almoçar no domingo, viajar nos finais de semana."

Claro. Quem não quer?

Não há problema nenhum em ser exigente, em querer uma pessoa que seja especial. O que me deixa intrigada é que há mais probabilidade de você encontrar "qualquer um" do que um deus grego com um crachá escrito "Príncipe Encantado". Então me pergunto: as mulheres estarão dando chance para que este "qualquer um" demonstre que está longe de ser um qualquer?

Sou capaz de apostar que a maioria das mulheres, no primeiro papo, já elimina o candidato, e quase sempre por razões frívolas. Ou porque o sapato dele é medonho, ou porque ele não sabe quem é Roman Polanski, ou porque ele gosta de pizza de estrogonofe com banana, ou porque ele só gosta de comédia, ou porque ele mistura steinheger com cerveja, ou porque o carro dele é um carro do ano. Do ano de 1991.

Imagina se você, proveniente de uma família estruturada, criada dentro de padrões de bom gosto, com qualidades encantadoras, vai se envolver com esse... com esse... com esse sei lá quem.

Pois o "sei lá quem" pode ser, sim, aquele cara bacana que levará você para almoçar no domingo, mas você tem que dar uma mãozinha, minha linda. Recolha seus prejulgamentos, dê umas férias para seus preconceitos, deixe seu orgulho de lado e saia com ele três, quatro vezes, até ter certeza absoluta de que o sapato medonho vem acompanhado de um caráter medonho, de um mau humor medonho, de uma burrice medonha. Porque se o problema for só o sapato e a pizza de estrogonofe, isso dá-se um jeito depois, ele não há de ser tão inflexível.

Aliás, e você? Garanto que também não sai pela rua com uma camiseta anunciando "Mulher Maravilha". Ele também vai ter que descobrir o que há por trás da sua ficha estupenda, e vá que ele implique com as três dezenas de comprimidos que você ingere por dia, com sua recusa em molhar o cabelo no mar, com sua fixação por telefone ou com os seus sutiãs do ano. Do ano de 1991 também.

Essa coisa chamada "história de amor" requer um certo tempo para ser construída, e as que dão certo são aquelas vividas com paciência, com o espírito aberto, e geralmente com qualquer um que consiga romper nossas defesas e nos fazer feliz.

22 de outubro de 2006

TRAVESSURAS

O novo livro de Mario Vargas Llosa é uma história de amor que dura uma vida inteira. Tudo começa no verão de 1950, no Peru, quando Ricardo, um rapazote de quinze anos que sonhava em morar em Paris, conhece Lily, uma adolescente com uma personalidade mais do que marcante. Ele se apaixona feito um bezerro, como ele mesmo define.

O livro conta a trajetória desse amor ora feliz e quase sempre infeliz. Lily some do Peru sem deixar rastros, Ricardo vai morar em Paris e só a reencontra anos depois. Ela some de novo e, passado um tempo, ele a reencontra em Londres. Ela desaparece outra vez e ele mais tarde a descobre em Tóquio, onde ela apronta todas e evapora, claro. E ainda mais uma vez se cruzam em Madri, ambos já cinquentões. Lily, essa mulher misteriosa que vai trocando de nome e de marido a cada aparição, é uma peste. Tem uma índole suspeita, hábitos condenáveis e é fria como uma manhã de inverno em São José dos Ausentes. Nem muito bonita é. Faz de Ricardo gato e sapato. Ele resiste? Nem tenta, pois sabe que não há como. O amor verdadeiro tem destas coisas: não se explica, não se controla, não se racionaliza, simplesmente toma conta. É uma droga, um vício, uma viagem entre o céu e o inferno, ida e volta, sem parar.

Vargas Llosa escreveu um livro encantador sob vários aspectos, não só pela original sequência de encontros e desencontros desse casal instável, mas também por retratar períodos significativos das principais cidades do mundo. E por escrever com mão de pluma, tratando com leveza a angústia humana e com isso dando ao livro um tom novo, sem o dramalhão que costuma caracterizar as histórias de amor não resolvidas.

Outra coisa que me chamou a atenção foi o título, *Travessuras da menina má.* "Menina má" é como Ricardo chamava carinhosamente a jararaca, mas o uso do termo "travessuras" é curioso. A mulher que ele ama não é travessa, caramba: é uma bisca. Mentirosa, falsa, sem escrúpulos – e fascinante, óbvio. Ricardo sabe que ela está a mil léguas da decência, mas seu amor impede que a julgue com a severidade dos adultos. Prefere resumir as sacanagens da amada como pequenas travessuras infantis. Só assim poderá perdoá-la a cada reencontro.

Travessuras. Quantas mulheres consideram assim as artimanhas dos maridos, quantos pais encaram como travessuras as mentiras e os furtos dos filhos, quantos de nós evitam o confronto com a verdade e, em vez de dar o nome certo às coisas, chamam erros graves de "travessuras" para poder perdoar? Aliás, diante do resultado das últimas eleições, ficou confirmado que o eleitorado brasileiro considerou como apenas uma travessura o que andou acontecendo nos bastidores do governo. Enxergar a verdade, quando se está apaixonado, nunca foi bom negócio, quem não sabe? Pois parece que anda servindo para a política também. Num caso ou no outro, só resta seguir em frente e torcer para que nossa condescendência seja recompensada.

29 de outubro de 2006

TESTES

Dia desses resolvi fazer um teste proposto por um site da internet. O nome do teste era tentador: "O que Freud diria de você". Uau. Eu me interesso em saber até o que o vendedor de picolé pensa sobre mim, imagina Freud. Respondi corretamente a todas as perguntas e o resultado foi o seguinte: "Os acontecimentos da sua infância a marcaram até os doze anos, depois disso você buscou conhecimento intelectual para seu amadurecimento". Perfeito! Foi exatamente o que aconteceu comigo. Fiquei radiante: eu havia realizado uma consulta paranormal com o pai da psicanálise, e ele acertou na mosca.

Só que eu estava com tempo sobrando, e curiosidade é algo que não me falta, então resolvi voltar ao teste e responder tudo diferente do que havia respondido antes. Marquei umas alternativas esdrúxulas, que nada tinham a ver com minha personalidade. E fui conferir o resultado, que dizia o seguinte: "Os acontecimentos da sua infância a marcaram até os 12 anos, depois disso você buscou conhecimento intelectual para seu amadurecimento".

Muito engraçado.

De que adianta tanto "amadurecimento intelectual" se a gente se deixa empolgar por testezinhos muquiranas da internet? Desliguei o computador me sentindo a otária do século e fui fazer qualquer outra coisa para esquecer o pequeno incidente. Mas não esqueci. E, juntando um neurônio com o outro, me veio a luz. É isso! Não importa como vivi meus primeiros anos, quais foram as minhas reações diante do sucesso e do fracasso, quanto de carinho recebi ou não recebi de meus pais, se era popular ou se só colecionei frustrações na escola. A verdade estava gritando na minha frente: os acontecimentos da infância marcam A TODOS até os doze anos de idade (ou treze, ou quatorze) e depois disso TODOS buscam conhecimento intelectual para amadurecer.

Ou seja, o teste estava corretíssimo. As respostas podiam variar de pessoa para pessoa que pouco importava. A vida não é original, ela é repetitiva, e até Sartre, que não era psicanalista, matou a charada quando disse "*não importa o que fizeram com você, importa é o que você fez do que fizeram com você*". Em outras palavras: depois dos doze, chega de se lamentar. Vá buscar conhecimento para estruturar sua felicidade.

Ou os caras que bolaram o teste são mesmo um bando de gozadores ou são gênios. Tendo mais de doze anos de idade, escolha você o resultado que mais lhe convém.

8 de novembro de 2006

NENHUMA MULHER É FANTASMA

Almodóvar está de novo em cartaz nos cinemas, portanto, hora de sair de casa: *Volver* é obrigatório.

A cena de abertura nos prepara para o que virá pela frente. Num cemitério, várias mulheres limpam e cuidam dos túmulos de seus maridos: todas sobreviveram a eles. E daí por diante é só o que vemos no filme: mulheres. Os poucos homens que aparecem não podem nem ao menos ser chamados de coadjuvantes, são meros figurantes, quase mortos-vivos: se há algum fantasma nesse filme, não se deixe enganar pelas resenhas, ele é masculino. Mulher é sempre real, comoventemente real.

Já me perguntaram uma centena de vezes quais as diferenças entre homens e mulheres, as diferenças entre a literatura feita por nós e a feita por eles, a velha ladainha: diferença, diferença. Nunca dei corda para essa questão, prefiro exaltar nossas afinidades. Não me interessa incrementar essa guerrinha antiga, que faz parecer que as conquistas femininas são resultado de uma revanche. Sem essa, não contem comigo para ser mais uma a colocar cada sexo num canto oposto do ringue.

Pois bem. Mesmo não sendo afeita a imunizar toda mulher só pelo fato de ser mulher, e tampouco afeita a propagar a pretensa superioridade masculina – está todo mundo no mesmo barco, é no que acredito –, este filme de Almodóvar conseguiu mexer com minhas convicções, já que ele parece conhecer mais sobre nós do que nós mesmas. Ok, uma mulher é apenas uma mulher, mas uma mãe é um vulcão, um furacão, uma enchente, uma tempestade, um terremoto. Uma mãe é invencível. Não há perda que ela não transforme em força. Não há passado que ela não emoldure e coloque na parede. Não há medo que a mantenha quieta por muito tempo.

Volver é mais um tributo que Almodóvar presta a este gênero humano que veio equipado com cromossomos XX, a mulher que não é híbrida, mas é plural; não é bem certa, mas é íntegra, e que ele homenageia de uma forma peculiar: colocando-a em situações-limite. Nesse filme, mais uma vez, o tema abuso sexual volta à tona. E então ele nos vinga, coloca-se a nosso serviço, nos empresta uma força de estivador para enterrar nossos algozes. Ele é o juiz invisível dessa luta em que a mulher sai sempre um pouco machucada, mas invariavelmente vitoriosa.

Almodóvar está do nosso lado, e a gente acaba acreditando mesmo que há dois lados. Filmando com delicadeza e explorando bem a solidariedade e o afeto das latinas, ele nos faz voltar – atenção, *volver* – à nossa natureza de leoa e à nossa corajosa humildade, aquela que nos faz perdoar e pedir perdão para desobstruir nossos caminhos. Mulheres vão em frente e voltam, mulheres prosseguem e retornam, dois passos pra frente e um passo pra trás, cautela e coragem. As virtudes e pecados sempre dentro da bolsa, inseparáveis, nada se perde. Eis a visão pessoal, passional e parcial desse diretor puro-sangue, que é exagerada, mas instigante: os homens passam, mas as mulheres não morrem.

19 de novembro de 2006

ESPÍRITO ABERTO

Sabemos da quantidade de pessoas que passam necessidades reais, que estão desempregadas, que não têm como alimentar os filhos, que têm uma doença séria, enfim, ninguém ignora as mazelas do mundo. No entanto, muitas dessas pessoas que habitam as estatísticas não fazem parte do nosso círculo íntimo. Na maioria das vezes, nossos amigos e familiares estão bem, trabalham, possuem uma vida afetiva. Ok, eles têm lá seus problemas, mas não são exatamente o retrato da desgraça. Ainda assim, me espanta que muitos deles, mesmo sem motivo para cortar os pulsos, vivam como se fossem uns infelizes, lidando com o dia a dia de uma forma pesada, obstruindo o próprio caminho em vez de viver com mais leveza. São o que eu chamo de pessoas com o espírito fechado.

Eu respeito quem traz uma grande dor e não sai espalhando sorrisos à toa, mas me enervo com quem fecha a cara por simples falta de humor. Palavrinha mágica, esta: humor. Não me refiro a quem faz piadinhas a todo instante, e sim a quem possui inteligência suficiente para saber que é preciso relevar as incomodações, curtir as diferenças e ser generoso com o que acontece à nossa volta. Humor significa ter um espírito aberto.

Esta é a resposta para quem pergunta qual é a "fórmula da felicidade" – alguém ainda pergunta isso? Eu responderia: ter o espírito aberto, só. O resto vem.

Amigos, amores, oportunidades, até saúde: a fartura disso tudo depende muito da sua postura de vida. Não é evidente?

Eu já fui um caramujo ambulante, daquelas criaturinhas desconfiadas, que torcia o nariz para tudo o que não fosse xerox do meu pensamento. Desprezava os diferentes de mim e com isso, claro, custava para encontrar meu lugar no mundo. Era praticamente um autoboicote. Me trancava no quarto e achava que ninguém me compreendia. Ora, nem podiam mesmo. Aliás, nem queriam.

Um dia – e ainda bem que esse dia chegou cedo, no final da adolescência – eu pensei: calma aí, quem vai me salvar? Jesus? John Lennon? Percebi que o mundo era maior do que o meu quarto e que eu tinha apenas duas escolhas: absorvê-lo ou brigar contra ele. Contrariando minha natureza rebelde, optei por absorvê-lo. Abracei tudo o que me foi oferecido, deixei de me considerar importante, comecei a achar graça da vida e, com a passagem dos anos, só melhorei, não parei mais de me desobstruir, de lipoaspirar mágoas e ranzinzices – a não ser que desejasse posar de poeta maldita, o que não era o caso. Me salvei eu mesma e fui tratar de aproveitar cada minuto, que é o que venho fazendo até hoje.

Quando alguém me diz "como você tem sorte", penso que tenho mesmo. Mas não a sorte de receber tudo caído no colo, e sim a sorte de ter percebido a tempo que nosso maior inimigo é a falta de humor. Sem humor, brota preconceito para tudo que é lado. A gente começa a ter mania de perseguição, qualquer coisa parece difícil e uma discussãozinha à toa vira um dramalhão. Prefiro escalar uma montanha a viver dessa forma cansativa.

Espírito aberto. Caso você não tenha recebido gratuitamente na sua herança genética, dá pra desenvolver por si próprio.

7 de janeiro de 2007

100 COISAS

É febre. Livros listando as cem coisas que você deve fazer antes de morrer, os cem lugares que você deve conhecer antes de morrer, os cem pratos que você deve provar antes de morrer. Primeiramente, me espanta o fato de todos terem certeza absoluta de que você vai morrer. Eu prefiro encarar a morte como uma hipótese. Mas, no caso de acontecer, serei obrigada mesmo a cumprir todas estas metas antes? Não dá pra fechar por cinquenta em vez de cem?

Outro dia estava assistindo a um DVD promocional do Discovery Channel que também mostra, com imagens e depoimentos, as cem coisas que a gente precisa porque precisa fazer antes de morrer. Me deu uma angústia, pois das cem, eu fiz apenas onze até agora. Falta muito ainda. Falta dirigir uma Ferrari, fazer um safári, frequentar uma praia de nudismo, comer algo exótico (um baiacu venenoso, por exemplo), visitar um vulcão ativo, correr uma maratona, perder uma fortuna nos cassinos de Las Vegas, fotografar a aurora boreal no Alasca, assistir a um desfile do Armani em Milão, atravessar a Rota 66 numa Harley Davidson, nadar com golfinhos, andar de camelo, escalar uma montanha e outras coisas que eu estou contando os minutos para fazer, só não sei se vai dar tempo.

Se dependesse apenas da minha vontade, eu já teria um plano de ação esquematizado, mas quem fica com as crianças? Conseguirei cinco férias por ano? E quem patrocina essa brincadeira?

Hoje é dia de mais um sorteio da Mega-Sena. O prêmio está acumulado em cinquenta milhões de reais. A maioria das pessoas, quando perguntadas sobre o que fariam com a bolada, responde: pagar as dívidas, comprar um apartamento, um carro, uma casa na serra, outra na praia, garantir a segurança dos filhos e guardar o resto para a velhice.

Normal. São desejos universais. Mas fica aqui o convite para sonhar com mais criatividade. Arranje uma dessas listas de cem coisas para fazer antes de morrer e divirta-se com as opções. Dá para fazer quase tudo com muito dinheiro, e algo me diz que hoje é seu dia de sorte. Embolse a grana, doe uma parte para quem necessita e depois vá assistir à final de Wimbledon, surfar na Indonésia, ver Barishnikov dançar, a Julianne Moore atuar na Broadway, alugue um balão e sobrevoe um deserto, visite uma aldeia indígena, passe o aniversário ao lado de um amigo que mora longe. Não pense tanto em comprar, mas em viver.

Eu, que não apostei na Mega-Sena, por enquanto sigo com minha lista de cem coisas a *evitar* antes de morrer. É divertido também, e bem mais fácil de realizar, nem precisa de dinheiro.

10 de janeiro de 2007

ELA

Se você não tem problemas com a sua, levante as mãos para o céu e pare agora mesmo de reclamar da vida. O que são algumas dívidas para pagar, um celular sempre sem bateria, um final de semana chuvoso? Chatices, mas dá-se um jeito. Nela não. Nela não dá-se um jeito. Para eliminá-la, prometemos cortar bebidas alcoólicas, prometemos fazer mil abdominais por dia, mas ela não acusa o golpe, segue com sua saliência irritante. A gente caminha, corre, sobe escada, desce escada, vibra quando nosso intestino está bem regulado, cumprindo suas funções à perfeição, mas ela não se faz de rogada, mantém-se firme onde está. "Mantém-se firme" é força de expressão. Ela é tudo, menos firme. Você sabe de quem estou falando.

Ela é uma praga masculina e feminina. Os homens também sofrem, mas aprendem a conviver com ela: entregam os pontos e vão em frente, encarando a situação como uma contingência do destino. As mulheres, não. Mulheres são guerreiras, lutam com todas as armas que têm. Algumas ficam sem respirar para encolhê-la, chegam a ficar azuis. Outras vão para a mesa de cirurgia e ordenam que o médico sugue a desgraçada com umbigo e tudo. Mas passa-se um tempo e ela volta, a desaforada sempre volta.

Quem não tem a sua? Eu conto quem: umas poucas sortudas com menos de quinze anos. Umas poucas malucas que acordam, almoçam e jantam na academia. Algumas mais malucas ainda que não almoçam nem jantam. As que nasceram com crédito pré-aprovado com Deus. E aquelas que nunca engravidaram, lógico.

As que ignoram totalmente sobre o que estou falando são poucas, não lotariam uma sala de cinema. Já as que sabem muito bem quem é a protagonista desta crônica (pois alojam a infeliz no próprio corpo) povoam o resto da cidade, estão por toda parte. Batas disfarçam, vestidinhos disfarçam, biquínis colocam tudo a perder.

Nem todas a possuem enorme. Cruzes, não. Às vezes é apenas uma protuberância, uma coisinha de nada, na horizontal nem se repara. Aliás, mulheres acordam mais bem-humoradas do que os homens porque de manhã cedo somos todas magras. Todas tábuas. Todas retas. Passam-se as primeiras horas, no entanto, e a lei da gravidade surge para dar bom dia. Lá se vai nosso humor.

Falam muito de celulite. Falam de seios, de traseiros, de rugas, de pés grandes, de falta de cintura, de caspa, de tornozelos grossos, de orelhas de abano, de narizes desproporcionais, de ombros caídos, de muita coisa caída. Temos uma possibilidade infinita de defeitos. Mas ela é que nos tira do prumo. Ela é que compromete nossa silhueta. Ela é que arrasa com a nossa elegância. Ela. Nem ouso pronunciar seu nome. Você sabe bem quem. Se não sabe, sorte sua: é porque não tem.

21 de janeiro de 2007

PEQUENAS CRIANÇAS

O problema de sair de férias é que podemos retornar com um assunto já comentado por outros colunistas, mas vou correr o risco e dizer, eu também, que achei uma pena que o filme *Pecados íntimos* tenha merecido um título tão nada a ver. O filme não faz pré-julgamentos, e a palavra pecado já caducou. É muito provincianismo atrair bilheteria com títulos apelativos. Melhor seria dar um voto de confiança ao público, que é capaz de compreender títulos mais sutis, como o original *Little Children.* "Criancinhas" resume com perfeição o que vemos na tela.

Um homem e uma mulher se conhecem num parquinho, onde levam os respectivos filhos para brincar. Cada um está acomodado num casamento protocolar, sem alegria, sem tesão. Papo vai, papo vem, o romance entre eles começa. Além desse affair, o filme mostra também uma relação entre mãe e filho – sendo que o filho é um pedófilo recém-saído da prisão e que apavora o bairro onde vive – e o desalento de um falso moralista que tem acessos de carência dignos de um garotinho de cinco anos.

Só que os personagens do filme não têm cinco anos. São adultos precisando lidar com seus medos e desejos, adultos cedendo a pequenas e grandes tentações, adultos fazendo escolhas sem garantia de nada.

Mais: adultos que olham por baixo da mesa para ver se o marido está acariciando as pernas da convidada do jantar. Adultos que sonham em fazer manobras radicais no skate. Adultos que tramam uma fuga romântica e deixam bilhetinhos de despedida. Adultos que acham muito natural ser monitorados pela sogra. Adultos que choram sentados no meio-fio da calçada porque se sentem traídos pelo melhor amigo.

Adultos?

Sim, adultos. Pelo menos é esse o termo usado para identificar aqueles que trabalham, que dirigem, que votam, que são responsáveis pelos seus atos e que, aparentemente, têm a cabeça no lugar.

O filme me despertou uma certa compaixão. Por mais que eu aplauda o que convencionamos chamar de "maturidade", no fundo acredito que somos, todos nós, crianças que cresceram mais em estatura do que emocionalmente, crianças que foram empurradas para o meio do palco e que precisam ter suas falas na ponta da língua, conforme foram ensaiadas desde a primeira infância. Somos homens e mulheres na segunda, terceira, quarta, quinta infância, nos apegando aos nossos parcos conhecimentos e às nossas inúteis experiências para tentar não errar demais. Somos crianças que choram escondidas no banheiro, que tomam atitudes insensatas, que dizem o que não deveriam ter dito e que, nos momentos de desespero, gostariam de chamar um "adulto" para resolver a encrenca em nosso lugar. Mas que adulto? Deus? Ele tem mais do que se ocupar. Resta-nos chorar no meio-fio da calçada mesmo, caso não fosse um vexame.

Os maduros têm certezas. Os maduros não vacilam. Os maduros são pragmáticos. Os maduros ganham dinheiro. Os maduros assumem seus atos. Os maduros sabem o que dizer e como se comportar. Os maduros só fraquejam diante da orfandade – perder pai e mãe é perturbador em qualquer fase da vida –, mas logo reassumem o controle e seguem em frente. Não se espera outra coisa deles. Se tentarem fugir de suas responsabilidades, serão considerados pessoas instáveis e infantis. E quem tolera ser considerado infantil a esta altura?

Então a gente presta atenção em volta, imita nossos pais e amigos, se apega a um roteiro conhecido, faz um certo teatro, tudo para que não percebam que, em silêncio e na solidão, somos apenas crianças grandes.

4 de março de 2007

PRISIONEIROS DO AMOR LIVRE

Gosto de ler biografias, ter acesso aos bastidores da vida de alguém que admiro, contada de forma literária, sem o veneno da fofoca: é a investigação longa e precisa sobre um ser humano que, a despeito das virtudes que o tornaram uma celebridade, também possui fraquezas e às vezes escorrega como todos nós. A última que li foi a do casal Sartre e Simone de Beauvoir. Em *Tête-à-Tête* (mais de 450 páginas, editora Objetiva), ficamos sabendo dos pormenores de como se conheceram e como administraram as diversas outras relações amorosas que tiveram até o cerrar das cortinas.

Sempre fui uma entusiasta da produção intelectual dos dois, mas admito que, anos atrás, ao ler as 304 cartas que Simone de Beauvoir escreveu para seu amante americano (*Cartas a Nelson Algren*, editora Nova Fronteira), fiquei desconcertada com a chatice da autora. Que mulherzinha maçante. Em estado de paixão, ela me pareceu sufocante, manipuladora e por vezes até indelicada. Só quando se desapaixonava é que voltava a ser a feminista brilhante que tanta contribuição deu ao mundo.

Agora, lendo *Tête-à-Tête*, tive uma sensação parecida. Foi com o entusiasmo de sempre que mergulhei no pano de fundo do livro: as discussões em salas de aula da Sorbonne, as ideias que nasceram nos cafés de Saint-Germain e principalmente a fascinante teoria defendida por Sartre a respeito da liberdade: para ele, cada ser humano deveria assumir 100% as rédeas da sua vida. Tudo é fruto da nossa escolha, até mesmo quem iremos amar e que tipo de qualidades e defeitos iremos desenvolver em nós. Em sua opinião, não existe isso que chamamos de "a ordem natural das coisas", e por isso ser livre parece tão assustador. Sartre optou por não fugir da sua liberdade como muitas pessoas fazem, não admitiu ser regido por códigos preestabelecidos e construiu uma vida à sua maneira.

Teoricamente, acho instigante e excitante. Na prática, porém, é preciso ter cuidado para que isso não vire uma neura. Sartre, conforme a leitura de *Tête-à-Tête* avançava, me pareceu um prisioneiro da sua própria ideologia, relacionando-se "livremente" mais para comprovar sua tese do que por afetos reais. Por outro lado, Simone me pareceu uma mulher mais sinceramente envolvida com suas paixões, mas era outra prisioneira destas experiências libertadoras: arranjava mulheres para Sartre e depois caía de cama de tanto ciúme e desconcerto. São mentes cintilantes, escritores fundamentais para entender nosso século, mas quanto ao amor livre, não me pareceram tão livres assim. Sua profunda dedicação ao movimento existencialista, aos estudos e às pesquisas lhes deram a projeção merecida, mas lhes roubaram a chance de desenvolver uma vida amorosa mais espontânea. Mais hippie, se me permitem uma comparação incomum.

No final das contas, fiquei com a impressão de que liberdade é um conceito relativo: quem escolhe ser "mulher de um homem só" não é menos livre do que a mulher que intenciona ter o máximo de relações possível.

Todas as teorias são claustrofóbicas, pois a tendência é sermos engolidos por elas e nos vermos obrigados a seguir um rumo que talvez não seja condizente com nossa verdadeira inclinação emocional. Seguir nosso desejo é o que nos torna livres, e o desejo é variável, mutante, inclassificável – não pode ser considerado moderno ou antigo, é o que é.

E mesmo que consigamos obedecer apenas aos nossos instintos mais naturais, com toda a liberdade que isso implica, ainda assim pagaremos um tributo ao sofrimento, simplesmente porque viver, seja da maneira que for, nunca é fácil.

1º de abril de 2007

DO TEMPO DA VERGONHA

A gente costuma dar referências do "nosso tempo", como se o nosso tempo não fosse hoje. Sou do tempo do tênis Conga, da Família Dó-Ré-Mi, da Farrah Fawcett, do Minuano Limão, e essa listagem alonga a estrada atrás de nós, faz parecer que a gente é de outro século. E somos.

Eu sou do tempo de tanta coisa, inclusive do tempo em que as pessoas sentiam vergonha. Você já deve ter reparado que vergonha caiu em desuso, a nova geração não deve nem saber do que se trata. Mas a tia aqui vai explicar.

Vergonha é o que você sente quando coloca em risco sua dignidade. Por exemplo, quando pegam você mentindo. Ou quando flagram você fazendo uma coisa que havia jurado não fazer. Às vezes a vergonha vem de atos corriqueiros, como um tropeção no meio de uma passarela ou uma gafe cometida num jantar. Isso não tem nada de grave, porém, se fez você sentir vergonha, sinal de que você planejava acertar, o que é sempre bom.

Vergonha de ser apresentada a alguém? De falar em público? Também é bobagem, ninguém espera de nós perfeição. Isso é apenas timidez. Será que quem nasceu depois dos anos 80 sabe o que é timidez? Bom, timidez é um certo recato, é quando uma pessoa não faz questão nenhuma de aparecer. Não ria, isso existe.

Mas voltando ao que nos trouxe aqui. Vergonha é o que você deveria sentir quando faz algo errado. É o que deveria sentir quando se desresponsabiliza pelo que está desmoronando à sua volta. Vergonha é quando você se habilita para uma tarefa importante e descobre que não tem competência para executá-la. Vergonha é o que se sente quando interferimos na vida dos outros de forma desastrosa. Vergonha é o que deveria nos impedir de praticar hábitos aparentemente inocentes, como chegar atrasado no teatro quando a peça já começou, e nos impedir de coisas bastante mais sérias, como roubar.

E há a vergonha sem culpa, a vergonha pelo que representamos coletivamente. Eu, ao menos, senti muita vergonha quando uma turista estrangeira, depois de ficar dois dias confinada num aeroporto brasileiro, sem conseguir embarcar, perguntou a um repórter o que significava o lema "ordem e progresso" na nossa bandeira.

Muitos políticos (pra citar uma classe trabalhadora aleatória) não possuem vergonha. Possuem contas no exterior, assessores de marketing, mas vergonha, nenhuma. Posam para fotografias ao lado daqueles cuja mãe já xingaram e aceitam apoio de adversários que já lhes puxaram o tapete. Quando se trata de fazer alianças, a política, de um modo geral, revela-se um bordel, e perdão se estou ofendendo as profissionais do ramo. É bem verdade que restam dois ou três que possuem a decência de dizer: prefiro não me eleger a jogar no lixo meus princípios. Mas para se posicionar assim, é preciso ser do tempo da bala azedinha vendida em lata, do tempo do "Boa noite, John Boy", do tempo dos Novos Baianos, do tempo em que Páscoa significava ressurreição e do tempo em que existia vergonha, coisa que quase ninguém mais sente, poucos lembram o que é e ninguém se esforça para reavivar.

8 de abril de 2007

NUNCA JAMAIS

A gente sabe direitinho o que ainda gostaria de fazer na vida. Os sonhos são variados: uns não querem morrer antes de conhecer Paris, outros desejam um dia montar sua própria pousadinha, há aqueles que prometeram a si mesmos correr uma maratona até o final e os que humildemente gostariam de ter uma Louis Vuitton que não fosse de camelô. É a turma do "hei de conseguir", "vou lutar para", "chegarei lá".

Eu, que já fui mais longe do que esperava, tenho o costume inverso: listar as coisas que não farei nem sob decreto. Nunquinha. Meu *top ten* de não desejos inclui, entre outros, tudo o que envolve altura: saltar de paraquedas, bungee jump, parapente. Nem amarrada, ainda que solta é que não iria mesmo. Nem sedada. Fora de cogitação.

Até aí, imagino que eu tenha companhia, não é um medo vergonhoso. O que me envergonhava era outra coisa que havia jurado jamais fazer em vida. Para uma gaúcha, um acinte: prometi a mim mesma que ninguém me veria montar num cavalo. Tudo porque aos oito anos eu subi num animal que disparou feito um míssil e por pouco não me deu o mesmo destino do ator Christopher Reeve. Trauma insolúvel. Estava decidido: cavalgada não iria entrar na minha biografia de jeito nenhum. Era no que acreditava até sábado passado.

Tenho fotos para provar. Testemunhas. Até um diploma de cavaleira ganhei. Estive em São Francisco de Paula, na charmosíssima Pousada do Engenho (os que sonham em ter uma pousada um dia, inspirem-se nessa) e acabei sendo convencida a fazer um passeio ali perto, numa fazenda onde um simpático casal de alemães promove cavalgadas para amadores e profissionais. Um empolgante passeio de três horinhas.

Três horas???

Não me pergunte como, mas quando percebi, estava em cima do lombo do bicho, numa altura que para mim era semelhante a de uma montanha. Vou cair, Jesus Cristo. O equino deu um passo, e depois outro, e mais outro, e quando vi eu estava trotando lépida e faceira feito criança com brinquedo novo. Tão à vontade que por pouco não empinei o bicho, como faz o Beto Carrero. Eu, que jurava que nunca, jamais, nem morta, só passando por cima do meu cadáver, descobri que nasci para andar a cavalo.

Exageros à parte, uma coisa aprendi com essa brincadeira. Isso de dizer que nunca-jamais é uma negação à vida. Até que eu experimente, não posso ter certeza de nada, nem mesmo sobre esta criatura que me parece tão familar, que sou eu mesma. Meu *top ten* de não desejos virou *top nine*, e quem sabe eu consiga eliminar outros medos com o tempo.

Mas paraquedas, nunca, jamais, nem nessa vida, nem na outra.

8 de abril de 2007

OH, LORD!

Liguei o rádio do carro e santa nostalgia: estava tocando uma música da Janis Joplin que marcou minha infância, mesmo que naquela época eu não entendesse quase nada de inglês – não que entenda muito hoje. Você deve lembrar, é um clássico, começa dizendo: "*Oh, Lord, won't you buy me a Mercedes Benz? My friends all drive Porsches, I must make amends*", que significa mais ou menos: "Oh, Senhor, não quer me comprar um Mercedes Benz? Todos os meus amigos dirigem Porsches, eu preciso compensar." E seguia nessa irônica e provocativa prece pedindo nem paz, nem amor, e sim uma tevê a cores e noitadas. Se Ele a amasse mesmo, não a deixaria na mão.

Oh, Lord, quantas pessoas, hoje, não estão por aí também rezando por uma Louis Vuitton original de fábrica e por uma poderosa tevê de plasma? Elas abrem as revistas e estão todos tão melhores de vida do que elas, como ser feliz sem igualdade de condições? Dê a essas pessoas o que elas pedem, Senhor, é só fazê-las ganhar um sorteio, uma rifa. Imagine a dificuldade que o Senhor teria para atendê-las caso elas pedissem um mundo mais acolhedor, menos agressivo, mais sensato, o trabalhão que iria dar.

Oh, Lord, reconheça a inocência de quem lhe pede uma casa na praia, um chalezinho na montanha, ou mesmo um belo apartamento em bairro nobre, o Senhor sabe que essas pessoas não foram treinadas para se satisfazerem com o que têm, mesmo que tenham tanta coisa, como família, paz de espírito, um emprego decente, mas isso não conta, isso não enche barriga de ninguém.

Oh, Lord, ninguém anda rezando por fé, pela saúde do vizinho, para resistir aos apelos consumistas, nem mesmo para simplesmente dizer "Obrigada, Senhor". Não se faz mais esse tipo de concessão: afinal, obrigada por quê? Eles querem ser convidados para as festas. Eles querem melhorar. Compense-os com um relógio de grife, uma corrente de ouro, um celular bem fininho e uma câmera digital, eles não podem comprar, mas o Senhor pode, o Senhor tem crédito em qualquer loja, o Senhor só precisa fazer abracadabra e tudo se resolve.

Janis Joplin gravou essa música em 1970. Nos últimos 37 anos, o número de súplicas estapafúrdias segue aumentando e quase ninguém mais lembra de agradecer o mistério da existência, o poder transformador dos afetos, a liberdade de escolha, o contato com o que ainda nos resta de natureza, o encanto dos encontros, a poesia que há numa vida serena, a alma nossa de cada dia, essas coisas que parecem tão obsoletas, e pelo visto são. Oh, Lord, desça daí, faça alguma coisa, que aqui embaixo trocaram o abstrato pelo concreto e não demora estarão pedindo a parte deles em dinheiro.

15 de abril de 2007

O VIOLINISTA NO METRÔ

Aconteceu em janeiro. O jornal *Washington Post* convidou um dos maiores violinistas do mundo, Joshua Bell, para tocar numa estação de metrô da capital americana a fim de testar a reação dos transeuntes. Desafio aceito, lá foi Bell, de jeans e camiseta, às 8 da manhã, o horário mais movimentado da estação, para tocar no seu Stradivarius de 1713 (avaliado em mais de três milhões de dólares) melodias de Bach e Schubert.

Passaram por ele 1.097 pessoas. Sete pararam alguns minutos para ouvi-lo. Vinte e sete largaram algumas moedas. E uma única mulher o reconheceu, porque havia estado em um de seus concertos, cujo valor médio do ingresso é cem dólares. Todos os outros usuários do metrô estavam com pressa demais para perceber que ali, a dois metros de distância, tocava um instrumentista clássico respeitado internacionalmente.

Não me surpreende. Vasos da dinastia Ching, de valor incalculável, seriam considerados quinquilharias se misturados a quaisquer outros numa feira de artesanato ao ar livre. Uma joia do Antônio Bernardo correria o risco de ser ignorada se fosse exposta numa lojinha de bijuterias, uma gravura de Roy Lichtenstein seria considerada amadora se exposta numa mostra universitária de cartoons, e ninguém pagaria mais de quarenta reais por uma escultura do mestre Aleijadinho que estivesse misturada a anjos de gesso vendidos em beira de estrada. Desinformados, raramente conseguimos destacar o raro do medíocre.

Só é possível valorizar aquilo que foi estudado e percebido em sua grandeza. Se eu não me informo sobre o valor histórico de uma moeda que circulava na época dos otomanos, ela passa a ser apenas uma pequena esfera enferrujada que eu não juntaria do chão. Se eu não conheço o significado que teve uma muralha para a defesa dos grandes impérios, ela vira apenas um muro passível de pichação. Se não reconheço certos traços artísticos, um vitral de Chagall passará tão despercebido quanto o vitral de um banheiro de restaurante. Podemos viver muito bem sem cultura, mas a vida perde em encantamento.

Essa história do violinista demonstra que não estamos preparados para a beleza pura: é preciso um mínimo de conhecimento para valorizá-la. E demonstra também que temos sido treinados para gostar do que todo mundo conhece. Se uma atriz é muito comentada, se uma peça é muito badalada, se uma música é muito tocada no rádio, estabelece-se que elas são um sucesso e ninguém questiona. São consumidas mais pela insistência do que pela competência, enquanto que competentes sem holofotes passam despercebidos.

Gostaria muito de ter circulado pela estação de metrô em que tocava Joshua Bell. Não por admirá-lo: pra ser franca, nunca ouvi falar desse cara. O que eu queria era testar minha capacidade de ficar extasiada sem estímulo prévio. Descobrir se ainda consigo destacar o raro sem que ninguém o anuncie. Tenho a impressão de que eu pararia para escutá-lo, mas talvez eu esteja sendo otimista. Vai ver eu também passaria apressada, sem me dar conta do tamanho do meu atraso.

22 de abril de 2007

MATO, LOGO EXISTO

Não é um bom assunto para domingo, reconheço. Mas estamos sempre tão ocupados nos dias da semana que não custa reservar dez minutinhos do nosso dia de folga pra refletir um pouco sobre que espécie de adultos está sendo formada aqui e no mundo. O sul-coreano que no dia 16 de abril matou 32 pessoas dentro de uma universidade americana é um exemplo – a esta altura, já antigo, mas serve. Era um doente, e qual a doença dele? Solidão, depressão. Não se pode chamar de um caso raro.

Um dia depois da tragédia, entrei numa sala de bate-papo da internet para ler os comentários sobre esse episódio. Até então, não estava tão perplexa – é um crime recorrente nos Estados Unidos. Mas ao me deparar com a reação de alguns brasileiros da mesma faixa etária do assassino, aí sim, estarreci. Nunca vi um conjunto de ideias tão preconceituosas, agressivas e mal-escritas. Era o festival da ignorância. Uma amostra da miséria cultural, miséria intelectual e miséria afetiva que caracteriza os novos tempos. Ninguém discutia com civilidade, os comentários eram belicosos e ferozes, e quando discordavam uns dos outros aí é que a baixaria rolava solta. Pensei: eles estão protegidos pelo virtualismo, mas estivessem frente a frente e com uma arma ao alcance da mão, quem garante que não teriam seu dia de Cho Seung-Hui?

Esses garotos e garotas possuem a rebeldia natural da idade, mas é uma rebeldia sem argumento, uma rebeldia vinda do desespero. Eles cresceram assistindo a uma quantidade exagerada de violência na tevê e no cinema, idolatram músicos que cantam coisas como "eu escrevo minhas próprias leis com a morte", têm pouco contato com o pai e a mãe, mantém amizades de faz de conta e são soterrados por uma avalanche de informações que mal conseguem filtrar. Tudo isso numa sociedade cada vez mais competitiva, em que a ordem é aparecer a qualquer custo. A felicidade há muito que deixou de se concentrar na trinca amor-saúde-e-dinheiro: agora é sexo-popularidade-e-muito-muito-muito-dinheiro. Quem tem uma vida modesta, se frustra: conclui que é uma pessoa que não existe, que não conta, que não vale. E resolve dar o seu recado na marra.

Impossível este relato não soar dramático, mas irreal não é. A vida mudou. E temos alguma responsabilidade nisso, não somos apenas vítimas, mas cúmplices. Está mais do que na hora de ficarmos mais perto de nossos filhos. De oferecermos a eles livros e música boa, darmos muito carinho e elogio, ficarmos de olho nos lugares onde eles vão e com quem saem – um pouco de controle não faz mal a ninguém. É recomendável também não cultuar revistas que vivem de fofoca, ridicularizar a fixação pela estética e mostrar a eles que os super-heróis de verdade costumam ser mais discretos.

Porém, discrição é uma coisa, fuga é outra. É preciso chamar essa garotada pro papo quando estiverem silenciosos demais, ajudá-los a compreender essa loucura aí fora (que nem nós compreendemos direito), levá-los pra viajar quando der, colocá-los em contato com hábitos mais simples e escutá-los muito, não importa sobre que assunto.

É guerra: a agressividade e a miséria existencial que caracterizam a nossa época precisam ser enfrentadas não só com Prozac, mas com cultura e afeto. A grande maioria dos adolescentes que aí estão não conseguirá ganhar fortunas, não vai virar artista nem doutor, não vai casar com homens com barriga de tanquinho nem com mulheres que autografam a *Playboy*: eles vão ter uma vida normal. E se o normal seguir não servindo pra eles, pobres de todos nós.

29 de abril de 2007

NOTÍCIAS DE TUDO

Alguém de um site me ligou outro dia pra fazer uma pesquisa: perguntou se eu achava que o namoro da Íris e do Diego iria durar. De quem?? São parentes meus? Pra não ser do contra, respondi que sim, que eles vão envelhecer juntos, ai deles se não.

O Brasil tem um sem-número de revistas que circulam por semana. Revistas de informação, de variedades, de fofoca, de moda, de comportamento, sem contar as especializadas, como as náuticas, gastronômicas, científicas ou esotéricas. Quantos são os programas de tevê, contando os canais por assinatura? Também não é pouca a quantidade de colunistas que, como eu, tentam tirar da cartola algum assunto que preste. No mundo estão acontecendo, neste instante, epidemias, tragédias, assaltos, provas esportivas, fenômenos climáticos, pré-estreias, reformas políticas, e eles não serão suficientes para manter os veículos de comunicação ocupados: sobrarão páginas para serem preenchidas. Espaço é o que não falta para as notícias relevantes e também para as irrelevantes, e são essas que estão nos endoidecendo.

Impossível assimilar a avalanche de informações que recebemos todo dia. A gente não armazena nem dez por cento. O ataque é maciço e constante, não tem para onde fugir. Eu, que faço parte da artilharia, nem por isso deixo de me questionar: será que não estamos indo além do limite aceitável? Informação é fundamental, mas sem overdose.

A impressão que tenho é que a informação que recebemos é tanta, mas tanta, que nos imobiliza. Só de ler as repetitivas matérias sobre os benefícios do exercício físico me dá cansaço, é como se eu tivesse caminhado quilômetros. Somos informados sobre todas as bandas de rock do mundo e no instante seguinte já não lembramos quem é quem. Gastamos horas nos atualizando, ao mesmo tempo em que geramos muito pouca notícia sobre nós mesmos. O que você tem feito?

A população do planeta está em plena atividade, todos trabalhando, planejando, comemorando, matando, sobrevivendo, um mundo no gerúndio, sem interrupções, e a gente consumindo tudo isso, soterrados por tanta notícia, por tanto apelo, por tanta exigência de opinar, concordar, discordar. Você poderia estar ouvindo uma música agora, olhando pro céu. Você poderia estar regando suas plantas, poderia estar observando o barulho da chuva, poderia estar preparando um chá ou lendo um belo poema em vez desses meus lamentos. Não, não me abandone, mas deixo aqui uma perguntinha: você tem recebido notícias de si mesmo?

6 de maio de 2007

SIMPATIA PELO DIABO

"Sympathy" é uma daquelas palavras inglesas que nos traem, parece significar simpatia, mas é mais do que isso, significa compaixão, solidariedade e, em alguns casos, condolências. Os Rolling Stones botaram a palavra na roda quando gravaram "Sympathy for the Devil", em contraponto aos Beatles, que se julgavam mais famosos que Jesus Cristo. Os Stones queriam justamente o contrário: fincar pé no lado oposto do céu. Eu, beatlemaníaca devota, nesse aspecto rezo com a turma do Mick Jagger: também acho o diabo mais quente.

Assim como não há paraíso que não seja um pouco monótono, não há inferno que não seja um pouco excitante. Ou muito excitante. O diabo tenta, o diabo incomoda, o diabo perturba, o diabo veste Prada. Os bonzinhos são ótimos, mas têm um guarda-roupa neutro demais.

Oh, santa imprudência. O papa quase chegando aqui e eu soltando charme para Lúcifer. Eu sei, eu sei, sou a primeira a praguejar contra os tempos diabólicos que estamos vivendo e agora me saio com esse endeusamento de Satanás, mas hoje quero brincar, e para brincar é preciso humor, coisa que o diabo tem mais do que o seu oponente.

O demônio é criativo, é sexy, é surpreendente e pode ser um doce, quando bem tratado. Ao menos aqui em casa é assim. Quando meu namorado se atrasa, eu não o recebo com um "Por onde andaste, Santo Deus?". Muito dramático. Eu pergunto: "Onde é que tu tava, diabo?". Não fica mais informal e carinhoso?

Basta de provocações, tem gente que leva isso a sério. E se é pra falar sério, vamos lá: não é uma bobagem colossal tentarem trocar o nome de uma queda d'água, nas Cataratas do Iguaçu, só porque ela se chama Garganta do Diabo? Há seis anos que alguns religiosos tentam rebatizá-la com o nome anterior, Salto da União, que é insosso, não tem apelo turístico e nem provoca calafrios. O nome Garganta do Diabo é disparado melhor. Surgiu por causa de uma antiga lenda indígena que contava sobre uma cobra gigante que perseguia um casal de namorados. Não sei o que isso tem a ver com queda d'água, mas já é uma história. Maliciosa, aliás, a cara do você-sabe-quem.

Se abolirem o nome Garganta do Diabo, daqui a pouco vão querer trocar também o nome da Praia do Diabo, aquela pequeninha que fica à esquerda do Arpoador, e da impactante Caverna do Diabo, a 280 quilômetros de São Paulo. A troco de que essa perseguição? Deixem o diabo em paz.

O demo não é de todo mau. Sempre foi chegado às artes. Fazia visitas periódicas a Picasso, bebia com Bukowski e frequentava o corpo de algumas beldades como Marilyn Monroe e Brigitte Bardot, nos áureos tempos em que ter o diabo no corpo não era apenas força de expressão. O diabo nos deu o blues, o diabo toca guitarra. Ter inspirado James Brown, por exemplo, deveria atenuar um pouco sua culpa. Eu, admito, simpatizo muito com ele. É verdade que já me deu maus conselhos, nem todos segui. Nem todos. Mas hoje não consegui evitar. Ele me possuiu e me assoprou: “A Garganta do Diabo, em Foz do Iguaçu, é um dos maiores espetáculos da natureza e não vai perder o encanto se trocar de nome, mas que vai ser uma babaquice, vai”. Cartas diretamente para o próprio.

6 de maio de 2007

AS SUPERMÃES E AS MÃES NORMAIS

Minha mãe me emprestou um livro meses atrás. Chama-se *O que aprendi com minha mãe*, organizado por Cristina Ramalho, que traz 52 depoimentos de personalidades a respeito de suas gloriosas genitoras. Gloriosas mesmo. Há aquelas que criaram os filhos sem ter o que dar de comer, as que criaram sem a presença do pai, as que criaram à distância, as que criaram filhos que não nasceram do corpo delas. Mães sortidas, de tudo que é tipo e jeito. Todas heroicas, todas fascinantes, todas possuidoras de garra e ternura, todas conhecedoras de truques infalíveis para fazer seus filhos se tornarem pessoas bacanas. E eles se tornaram. Os depoimentos são de Arnaldo Jabor, Contardo Calligaris, Maria Adelaide Amaral, Marta Goes, Soninha Francine, Supla, Cleyde Yáconis e outros vitoriosos.

Ainda que não seja um livro de humor, dei algumas gargalhadas por causa dele. Não durante a leitura, que é realmente tocante, há relatos que comovem. Ri muito foi ao devolver o livro para minha mãe. Ela me perguntou: "E então, o que você achou?". Respondi: "Maravilhoso. Só que estou pensando em me atirar do décimo andar. Descobri que sou uma droga de mãe." E ela: "Me espera que vou saltar junto".

Já escrevi mais de uma crônica sobre minha mãe. Ela sabe que não tem motivos para se julgar severamente, é uma mulher singular, não há quem não a admire e adore, incluindo seus dois filhos: meu irmão e eu. Mas se um dia minhas filhas tiverem que escrever sobre mim, pobre delas. Não que eu seja uma mãe relapsa, tirana, fria e desapegada. Longe disso. Só que sou uma mãe... oh, dor... uma mãe comum.

Há quase dezesseis anos no ramo da maternidade, com duas experiências bem-sucedidas até aqui, me pergunto: o que fiz que merecesse ficar como exemplo para a posteridade? Ok, passei noites em claro, troquei muitas fraldas, levei e busquei do colégio umas três mil vezes – e ainda sigo na função. Fui a festinhas de aniversário barulhentas, passei fins de semana em pracinhas, ensinei a andar de bicicleta, levei em livrarias e cinemas, fiz vários curativos, impus limites, disse não quando era preciso e até quando não era preciso. Nada que uma mãe média também não faça.

O que elas aprenderam comigo? A devolver o que não é seu, a dizer a verdade, a ser gentil, a não depender demais dos outros, a aceitar que as pessoas não são todas iguais e que isso é bom. Nem mesmo as mães são todas iguais, contrariando o famoso ditado. Há as que se sacrificaram, as que abriram mão de sua felicidade em troca da felicidade dos filhos, as que mantiveram casamentos horrorosos para não fazê-los sofrer com um lar esfacelado, as que trabalharam insanamente para não faltar nada em casa, as que sangraram por dentro e por fora para manter a família de pé.

Eu não fiz nada disso. Por sorte, a vida não me exigiu nenhuma atitude sobre-humana. Fui e sigo sendo uma mãe bem normalzinha. Que acerta, que erra, que faz o melhor que pode. Em comum com as supermães, apenas o amor, que é sempre inesgotável. Mas medalha de honra ao mérito, não sei se mereço. Não me julgo sacrificada e tampouco sublime. Sou uma mulher que teve a sorte de ter a Julia e a Laura, uma mulher que se equilibra entre dúvidas e certezas e que consegue tirar um saldo positivo dessa adorável bagunça.

Então, deixo aqui registrado para todas as mães: feliz dia. Tanto pra você que é super quanto pra você que não é cem por cento, mas também faz o melhor que pode, já que o nosso melhor, por menor que seja, sempre é muito.

13 de maio de 2007

A PIOR VONTADE DE VIVER

Todos são tão compreensivos, aceitam tão bem suas escolhas, torcem por tudo o que você faz, não é mesmo? Desde que você faça o que está no script. Que siga o que foi determinado no roteiro, aquele que foi escrito sabe-se lá por quem e homologado no instante mesmo em que você nasceu. Mas e quem não quiser seguir esse script?

Em dezembro próximo, serão completados trinta anos da morte da escritora Clarice Lispector, que entendia de subversões emocionais. Fui convidada a participar de um evento que a homenageia, em Porto Alegre, e em função disso andei relendo algumas de suas obras e encontrei no conto *Amor*, do livro *Laços de família*, uma de minhas frases prediletas. Assim ela descreve o sentimento da personagem Ana: "Seu coração enchera-se com a pior vontade de viver".

Ela é complexa, angustiante, subjetiva e intensa. Ela, a pior vontade de viver. A que não está disposta a negociar com a vontade dos outros.

No entanto, essa que foi chamada de a "pior" vontade pode ser também uma vontade genuína e inocente. É a vontade da criança que ainda levamos dentro, entranhada. É o desejo de açúcar, de traquinagem, de fazer algo escondido, de quebrar algumas regras, de imitar os adultos. A "pior" vontade é curiosa, quer observar pelo buraco da fechadura e depois, mais ousadamente, abrir a porta e entrar no quarto proibido. A "pior" vontade é a de não se enraizar, não assinar contrato de exclusividade, não firmar compromisso, não render-se às vontades fixas, apenas às vontades momentâneas, porque as fixas correm o risco de deixar de serem vontade para se transformarem em vaidade – como se sabe, há sempre aqueles que se envaidecem da própria persistência.

A "pior" vontade não quer ganhar medalha de honra ao mérito, não quer posar para fotografias, não quer completar bodas de ouro nem ser jubilada. A "pior" vontade não faz a menor questão de ser percebida, ela quer ser realizada. É quando você sabe que não deveria, mas vai. Sabe que não será fácil, mas enfrenta. Sabe que tomarão como agressão, mas arrisca. Aqui, cabe lembrar: apenas se sentem agredidos aqueles que te invejam.

A vontade oficial, a vontade santinha, a que não causa incômodo é a outra, a aprovada pela sociedade, a que não leva em conta o que vai no seu íntimo, e sim a opinião pública. É a vontade que todos nós, de certa forma, temos de mostrar para os outros que somos felizes, sem saber que para conseguir isso é preciso, antes, ter a "pior" vontade, aquela que faz você descobrir que ser feliz é ter consciência do efêmero, é saber-se capaz de agarrar o instante, é lidar bem com o que não é definitivo – ou seja, tudo.

É com essa "pior" vontade de viver que você atrai os outros, que seu magnetismo cresce, que seu rosto rejuvenesce e que você fica mais interessante. É uma pena que nem todos tenham a sorte de deixar vir à tona esta que Clarice Lispector chamou de a pior vontade de viver, que, secretamente, é a melhor.

27 de maio de 2007

AS VERDADEIRAS MULHERES FELIZES

Acabo de ler um livro de Eliette Abecassis, uma francesa, que eu não conhecia. O nome da obra, no original, é *Un heureux événement*, que pode ser traduzido para "Um feliz acontecimento", mas é um título irônico, pois o livro trata do fator que, segundo a autora, destrói as relações amorosas: o nascimento de um filho. Num tom exageradamente desesperado, a personagem narra o fim do seu casamento depois que dá à luz. Concordo que a chegada de uma criança muda muita coisa entre o casal, mas a escritora carrega nas tintas e cria um quadro de terror para as mães de primeira viagem. Se o nascimento de um filho é sempre desconcertante, é preciso lembrar que é, ao mesmo tempo, uma emoção sem tamanho. De minha parte, só tenho bons momentos a recordar, nada foi dramático. Mas mesmo que, por experiência própria, eu não compartilhe com a desolação da autora, ainda assim ela diz no livro uma frase muito interessante. Ao enumerar as diversas mazelas por que passam as criaturas do sexo feminino, ela me veio com esta: "*Os homens são as verdadeiras mulheres felizes*".

Atente para a sutileza da frase. O que ela quis dizer? Que os homens saem pela porta de manhã e vão trabalhar sem pensar se os filhos estão bem agasalhados ou se fizeram o dever da escola. Os homens não menstruam, não têm celulite, não passam por alterações hormonais que detonam o humor. Os homens não se preocupam tanto com o cabelo e não morrem de culpa quando não telefonam para suas mães. Os homens comem qualquer coisa na rua e o cardápio do jantar não é da sua conta, a não ser quando decidem cozinhar eles próprios, e isso é sempre um momento de lazer, nunca um dever. Os homens não encasquetam tanto, são mais práticos. Eu, que estou longe de ser uma feminista e mais longe ainda de ser ranzinza, tenho que reconhecer o brilhantismo da frase: os homens são mulheres felizes. Eles fazem tudo o que a gente gostaria de fazer: não se preocupam em demasia com nada.

Porque nosso mal é este: pensar demais. Nós, as reconhecidas como sensíveis e afetivas, somos, na verdade, máquinas cerebrais. Alucinadamente cerebrais. Capazes de surtar com qualquer coisa, desde as mínimas até as muito mínimas. Somos mulheres que nunca estão à toa na vida, vendo a banda passar, e sim atoladas em indagações, tentando solucionar questões intrincadas, de olho sempre na hora seguinte, no dia seguinte, planejando, estruturando, tentando se desfazer dos problemas, sempre na ativa, sempre atentas, sempre alertas, escoteiras 24 horas.

Os homens, mesmo quando muito ocupados, são mais relax. Focam no que têm que fazer e deixam o resto pra depois, quando chegar a hora, se chegar. Não tentam salvar o mundo de uma tacada só. E a chegada de um filho, ainda que assuste a eles, como assusta a todos, é algo para se lidar com calma, é um aprendizado, uma curtição, nada de muito caótico. Eles não precisam dar de mamar de duas em duas horas, não ficam fora de forma, não enlouquecem. Isso é uma dádiva: os homens raramente enlouquecem.

Nós, nem preciso dizer. Nascemos doidas. Por isso somos tão interessantes, é verdade. Mas felicíssimas, só de vez em quando, nas horas em que não nos exigimos desumanamente. Homens, portanto, são realmente as verdadeiras mulheres felizes. Que isso sirva de homenagem aos queridos, e sirva pra rir um pouco de nós mesmas, as que se agarram com unhas e dentes ao papel de vítimas porque ainda não aprenderam a ser desencanadas como eles.

27 de maio de 2007

BABACAS PERIGOSOS

Alpha Dog é o nome do filme. Mostra a história verídica de um garoto de quinze anos que foi sequestrado na Califórnia por uma gangue, como garantia de pagamento de uma dívida que seu irmão traficante não honrou. Poderia ser apenas mais uma história banal sobre a brutalidade dos dias de hoje, mas é tão mais que isso que a gente sai do cinema num desânimo paralisante.

O filme inicia com imagens de crianças em pracinhas, na beira de praia, brincando no pátio, todas esbanjando inocência e singeleza: registro de uma infância sem nenhum dever além do de se divertir. Tanto no filme como na vida real, um dia essas crianças crescem e as famílias, por preguiça de educar, resolvem que a vida deve seguir assim: sem nenhum dever além do de se divertir. O resultado: filhos e pais sem diálogo, compartilhando baseados, bebidas e parceiros sexuais, todos muito "amigos", sem hierarquia nem autoridade. Jovens com facilidade de acesso a todos os prazeres, legais ou ilegais, sem restrições, sem vigilância. Festas, orgias, doses cavalares de entorpecentes. O vazio preenchendo as 24 horas do dia. O dinheiro e o poder (ilusório) como bloqueadores da consciência. A absoluta falta de sentido de estar aqui ou lá ou em qualquer lugar. A única identidade possível é formada através da violência, que eles nem conseguem dimensionar e entender o que representa. Violência é só um esporte, uma linguagem, um programa, um meio de se autoafirmar. Matar, trepar, roubar, depredar, dá na mesma. É nada.

De vez em quando, um ou outro membro da gangue é acometido de um ligeiro insight. É como se um grilo-falante assoprasse no seu ouvido que a coisa não é por aí. Mas como buscar um caminho diferente, quem é que se atreve a parar esse trem? Eles não sabem como. E seguem todos profundamente sós, mergulhados no absurdo de uma vida à toa.

O sequestro, sobre o qual o filme trata, é uma piada. O garoto sequestrado idolatra os caras que o pegaram e, totalmente deslumbrado, acha que está vivendo um excitante rito de passagem. Cativeiro, para ele, é o lar de onde veio, e algozes são o pai e a mãe. Capturado, prova pela primeira vez o gostinho da liberdade.

Ao contrário do que possa sugerir esse relato soturno, achei o filme excelente. Bem dirigido, com um elenco afiado e sem resvalar para a caricatura. E é isso que dói. Não é o retrato da vida em outro planeta. O planeta do filme é este mesmo, a cidade poderia ser a nossa, nada me pareceu exagerado. Temos sido vítimas não apenas de marginais profissionais, com Ph.D. em maldade, mas também de garotos mimados que aceleram seus carrões sem medir consequências, que tomam decisões estúpidas por pura falta de orientação, que se metem em encrencas pesadas porque, se saltarem fora, temem ser considerados moloides, fracos, babacas. Nem percebem que não há babaquice maior do que fazer pose de bandido. Tem muito pirralho aí cometendo asneiras, como os garotos do filme, atraídos pela "estética" das gangues: sua música, vocabulário, roupas. Ninguém mais quer ser da turma dos mocinhos, por quê? O pessoal do bem anda precisando urgentemente de uma boa assessoria de marketing.

3 de junho de 2007

MANIA DE PERSEGUIÇÃO

Tenho uma amiga que, como boa taurina, é desconfiada à beça. Não importa sua inteligência, vivência, maturidade – tem uma hora em que ela encasqueta que estão lhe puxando o tapete. "Vivian, isso é paranoia", digo a ela. "Pode até ser, mas aí tem", ela me responde.

Se alguém não telefonou como prometido, ela nunca cogita que foi um esquecimento. É porque, provavelmente, a pessoa está desapontada com ela, ou indignada com ela, ou querendo evitar de lhe contar algo importante.

Se ela foi a única a não receber o e-mail de alguém da nossa turma, pronto: foi excluída. A remetente explica: "Jurava que você estava viajando, foi só isso". Vivian sorri e finge que perdoa, mas por dentro: "Achou que eu estava viajando, sei".

Se o porteiro esqueceu de entregar a correspondência, se o garçom trouxe o refrigerante errado, se o jornal veio sem o caderno de classificados, se a cabeleireira passou mal no horário em que Vivian seria atendida, ela não pensa que é perseguição: ela tem certeza.

Casualidade, fatalidade, coincidência, nada disso faz parte do vocabulário dela. O acaso, em sua vida, não existe. Tudo tem uma explicação, e a explicação é que as pessoas estão aprontando com ela, ou fugindo dela, ou deixando de confiar nela, ou provocando-a. "Vivian, isso é paranoia", repito. Ela não me dá ouvidos.

Como a gente se quer muito bem, ela sabe que estou apenas tentando ajudá-la. Procuro, com minha psicologia de almanaque, fazê-la entender que é muito desgastante viver assim na defensiva, armada contra o mundo, sempre exigindo que os outros correspondam à sua competência e gentileza. Porque tem isto: minha amiga é extremamente competente e gentil, e ai de quem não for, no mínimo, igual ou melhor do que ela. Como a maioria das pessoas são normais, ou seja, são lentas, desligadas, apressadas, desatentas, Vivian se exaspera. É uma obsessiva pela perfeição.

Assim como ela, conheço outras tantas pessoas que acreditam na tese da conspiração. É como se o mundo inteiro estivesse empenhado em não deixar a vida desses taurinos – que também podem ser leoninos, arianos, geminianos e demais nativos do zodíaco – deslanchar. Eu arranco os cabelos quando me deparo com uma criatura assim, e pergunto: você acredita mesmo que estão todos ocupados em passá-la para trás, que eles têm tempo sobrando para isso? Pergunta besta a minha.

A frase que deveria ser dita soa antipática, mas é o que nossos amigos e parentes que sofrem desse complexo precisariam ouvir: você não é tão importante. Ninguém está tão preocupado assim com você, a não ser a meia dúzia que lhe ama de verdade. Não há conspiração nenhuma. Se as coisas parecem dar mais errado pra você do que para os outros, não é porque você atrai gente falsa ou encrenqueira. Sua desconfiança é que atrapalha o bom andamento da vida. Libere-se dessas neuras e olhe em volta: todos têm mais o que fazer do que lhe dar atenção o tempo inteiro.

Você teria coragem de dizer isso a uma amiga? Eu já disse, mas cheia de dedos. Vivian, por sorte, é bem-humorada e acaba rindo disso tudo. Mas não muda. Vai me matar por estar falando dela nesta crônica, ela que não se chama Vivian coisíssima nenhuma.

24 de junho de 2007

O VALOR DE UMA HUMILHAÇÃO

Pergunte para minhas amigas do colégio: eu fui a Miss Certinha. Sempre justa, pontual, atenta para não fazer nada errado. Meus pais não tiveram muito trabalho comigo. Aliás, eu diria que nenhum. Um dia cresci e, naturalmente, cometi alguns erros contra mim mesma, mas jamais contra a sociedade. Até ontem, me orgulhava de ser uma exemplar respeitadora das leis. Mas danou-se: minha reputação foi por água abaixo.

Existe um danado de um sinal de trânsito que sempre me tenta ao pecado. Ele diz que é proibido dobrar, mas eu olho e não vejo o risco que há em dobrar ali, e a verdade é que me facilitaria muito o caminho para casa. Mantenho com esse sinal de trânsito uma relação provocativa: quando eu o obedeço, me sinto uma boa menina, e quando eu o desobedeço, me sinto melhor ainda, ao estilo Mae West. Não vejo muito sentido na proibição. Bastando que eu respeite a faixa de pedestre ali situada – e eu respeito –, aquele sinal torna-se praticamente inútil. Mas eu não sou engenheira de trânsito e o sinal permanece fixado naquela esquina, avisando que não se pode fazer o que eu, quando com muita pressa, às vezes faço.

Pois satanás veio ao meu encontro vestindo terno, camisa, sapato e com um filho na mão. Estava bem ali, esperando eu cometer a falta maldita para me apontar o caminho do inferno. E assim o fez. Me viu agindo errado e se plantou na frente do meu carro aos berros, invocando a fúria de todos os diabos reunidos em confraria. Eu ali, sozinha, flagrada em delito indefensável, e ele esbravejando sua raiva, fazendo juntar gente e me humilhando mais e mais e mais. Pedi desculpas, mas é claro que ele não ouviu e muito menos adiantaria. Eu havia colocado a vida de toda uma comunidade escolar em risco, foi mais ou menos o que ele alegou. Um vexame para constar da minha biografia não autorizada. A menininha correta que eu havia sido já era, babaus, foi pro espaço.

Aconteceu de verdade. E estou relatando não para acusar o pai que me humilhou no meio da rua, e sim para homenageá-lo, porque ele teve razão. Foi explosivo além da conta, mas teve razão. Ao mesmo tempo em que eu queria sumir de vergonha, pensava: uma bronca bem dada em público é mais producente do que uma multa. Nunca fui de implicar com pardais e azuizinhos, e agora muito menos: tudo o que eles fazem é registrar nossas placas na maior elegância e discrição. Já um grito bem dado no nosso ouvido tem outro efeito. Jamais repetirei meu único e amado ato ilícito, adeus à minha breve carreira de transgressora. Sentirei saudades.

4 de julho de 2007

A JANELA DOS OUTROS

Gosto dos livros de ficção do psiquiatra Irvin Yalom (*Quando Nietzsche chorou*, *A cura de Schopenhauer*) e por isso acabei comprando também seu *Os desafios da terapia*, em que ele discute alguns relacionamentos-padrão entre terapeuta e paciente, dando exemplos reais. Eu devo ter sido psicanalista em outra encarnação, tanto o assunto me fascina.

Ainda no início do livro, ele conta a história de uma paciente que tinha um relacionamento difícil com o pai. Quase nunca conversavam, mas surgiu a oportunidade de viajarem juntos de carro e ela imaginou que seria um bom momento para se aproximarem. Durante o trajeto, o pai, que estava na direção, comentou sobre a sujeira e a degradação de um córrego que acompanhava a estrada. A garota olhou para o córrego a seu lado e viu águas límpidas, um cenário de Walt Disney. E teve a certeza de que ela e o pai realmente não tinham a mesma visão da vida. Seguiram a viagem sem trocar mais palavra.

Muitos anos depois essa mulher fez a mesma viagem, pela mesma estrada, dessa vez com uma amiga. Estando agora ao volante, ela surpreendeu-se: do lado esquerdo, o córrego era realmente feio e poluído, como seu pai havia descrito, ao contrário do belo córrego que ficava do lado direito da pista. E uma tristeza profunda se abateu sobre ela por não ter levado em consideração o comentário de seu pai, que a essa altura já havia falecido.

Parece uma parábola, mas acontece todo dia: a gente só tem olhos para o que mostra a nossa janela, nunca a janela do outro. O que a gente vê é o que vale, não importa que alguém bem perto esteja vendo algo diferente.

A mesma estrada, para uns, é infinita, e para outros, curta. Para uns, o pedágio sai caro; para outros, não pesa no bolso. Boa parte dos brasileiros acredita que o país está melhorando, enquanto que a outra perdeu totalmente a esperança. Alguns celebram a tecnologia como um fator evolutivo da sociedade, outros lamentam que as relações humanas estejam tão frias. Uns enxergam nossa cultura estagnada, outros aplaudem a crescente diversidade. Cada um gruda o nariz na sua janela, na sua própria paisagem.

Eu costumo dar uma espiada no ângulo de visão do vizinho. Me deixa menos enclausurada nos meus próprios pontos de vistas, mas, em contrapartida, me tira a certeza de tudo. Dependendo de onde se esteja posicionado, a razão pode estar do nosso lado, mas a perderemos assim que trocarmos de lugar. Só possuindo uma visão de 360 graus para nos declararmos sábios. E a sabedoria recomenda que falemos menos, que batamos menos o martelo e que sejamos menos enfáticos, pois todos estão certos e todos estão errados em algum aspecto da análise. É o triunfo da dúvida.

15 de julho de 2007

SHOW FALADO

Li a respeito de um recente show do Gilberto Gil em que, depois de muito cantar, ele começou a discorrer sobre a vida antes de encerrar a noite com o bis. Mas parece que a plateia não gostou muito. “Para de falar e canta!” alguns gritaram lá de trás. Gil se irritou, lógico. Quem atura grosseria?

Eu estranho é quando o artista não dá um pio. Entra no palco, canta, canta, canta, dá boa noite e vira as costas. Não que seja obrigatório falar: Chico Buarque, por exemplo, fez um show fantástico aqui no Sesi e só o que se ouviu dele foi um obrigado e duas ou três frases rápidas e tímidas. Nada de um papo com o público. Está no seu direito. Mas prefiro quando o artista abre a guarda e nos seduz com a lábia também. Em geral, são pessoas inteligentes e espirituosas, que com poucas palavras conseguem tornar o ambiente mais aconchegante. Lembro que no último show do Jorge Drexler, em Porto Alegre, ele apresentava cada nova canção fazendo observações deliciosas e com isso garantiu a empatia com os gaúchos. Kleiton e Kledir costumam desfiar um rosário de causos e fazem a plateia gargalhar. Ana Carolina, mais engajada, costuma ler textos dos escritores que admira. Lobão, no Bourbon Country, mostrou que sua rebeldia não o impede de ser engraçado.

Semana passada foi a vez de Olivia Byington, no Studio Clio, provar que tudo fica mais simpático quando há proximidade. Seu espetáculo "Cada um, Cada um" é um pocket show intimista, apresentado como se fosse na sala da casa dela, num espaço para pouca gente. Como boa anfitriã, ela recebe seus convidados com delicadeza e boas histórias. Chega até a compartilhar pequenos tesouros, como uma letra de música escrita a mão pelo poeta Cacaso ou um cartão-postal com a assinatura de Tom Jobim encontrado num mercado de pulgas, relíquias pessoais que ela permite que passem de mão em mão durante o show. Impossível não ficar encantado ouvindo ela narrar a origem de certas parcerias, a razão da escolha de uma determinada música para constar do repertório, como é conciliar filhos e arte, casamentos e turnês. É quase como se fosse uma entrevista ao vivo, com o artista ali na nossa frente se despindo e enriquecendo uma relação que geralmente é cultivada no mistério e na distância.

Só que há uma condição para isso se dar de forma agradável para todos: nem o artista, nem o público podem ser chatos. Quem está no palco tem que ter consciência de que o motivo principal do encontro são suas canções: o papinho é só um charme extra. Não é hora de contar piada infame, fazer discursos intermináveis, se estender em assuntos desinteressantes. Quanto ao público, que saiba sorrir, aplaudir e usufruir. Nada de pedir "toca Raul" e coisas do gênero.

Gil talvez tenha castigado a plateia com alguma ladainha esotérica, a gente sabe do que o baiano é capaz. Ainda assim, quem faz música de qualidade geralmente tem uma conversa de qualidade, e nada como quebrar o roteiro burocrático de um show com algum afeto verbal.

22 de agosto de 2007

DIVAS ABANDONADAS

Ainda não tive tempo de ler o livro, mas o assunto já entrou no meu dia a dia através de conversas e solicitações de opinião para programas de tevê. *Divas abandonadas*, da jornalista Teté Ribeiro, traz o perfil de sete ícones do século XX: Marilyn Monroe, Jackie Kennedy, Maria Callas, Tina Turner, Ingrid Bergman, Sylvia Plath e Princesa Diana, mulheres que, em comum, tinham projeção, charme e amores tumultuados. A pergunta que tem sido feita é: por que mulheres bem-sucedidas em suas atividades públicas costumam amargar o insucesso em suas vidas privadas?

Bom, há muita coisa para se debater a respeito. Pra começar, o que é insucesso no amor? Tina Turner levava uns tabefes do seu marido e parceiro musical Ike Turner. Marilyn casou três vezes e teve alguns amantes antes de cometer suicídio aos 36 anos. Diana casou com um príncipe que amava outra e depois se meteu com uns sujeitinhos que vendiam para os tabloides os detalhes de sua intimidade. Quem está livre de cruzar com um cafajeste e, pior, se apaixonar por ele?

Ainda assim, resisto em embarcar na história de que mulheres poderosas possuem mais chances de serem infelizes no amor. Vai depender do quanto o amor é realmente prioritário em suas vidas.

E mais: ser feliz no amor não significa, obrigatoriamente, casar, ter filhos e comemorar bodas de ouro.

Talvez todas as divas do livro tenham sonhado com isso em algum momento, mas, tivessem concretizado esse sonho, não há garantia nenhuma de que seriam mulheres mais realizadas. Todas elas tinham uma rotina dinâmica, eram cercadas de muitas pessoas e de muito estímulo social, artístico e intelectual: fugiam à regra das mulheres comuns. Um casamento convencional talvez amortecesse sua natureza inquieta.

Quando analisamos a vida de celebridades, incorremos numa série de especulações e fantasias. Por um lado, acreditamos que por elas serem pessoas lindas e ricas têm o dever de ser igualmente bem sucedidas em suas relações amorosas, para fechar o círculo da perfeição absoluta. Elas personificam um ideal. Quando não cumprem com a expectativa que depositamos nelas, ficamos inseguros. Se pessoas tão especiais não conseguem ser amadas, o que dirá nós, que temos celulite, barriga, pouca grana e um dente torto?

E há os que, numa análise diametralmente oposta, vibram com a instabilidade emocional dessa gente. É como se eles pagassem um preço pela fama. O sujeito tem uma Ferrari, mas não consegue uma mulher que o adore pelo que ele é, só pelo que ele tem. A mulher é a gostosa do século, mas não emplaca uma relação que dure mais de seis meses. Nós, ao menos, somos felizes no amor, né bem?

Não há nada de errado com a vida dos outros. Nem nada de muito certo. Não há uma regra que valha para todos os artistas, ou para todos os dentistas, ou para todos os frentistas. Marilyn nunca ficou casada mais do que quatro anos, já Sophia Loren ficou cinquenta anos com o produtor Carlo Ponti. Diana não se adaptou à monarquia, já Grace Kelly viveu como Princesa de Mônaco por 27 anos, até falecer num acidente. Se eram felizes essas que mantiveram seus casamentos por mais tempo? Vá saber.

Em suma, não deve ser fácil construir uma relação perene tendo um cotidiano tão frenético: o amor necessita de dedicação. Aliás, não anda fácil construir uma relação perene tendo qualquer cotidiano. A diferença entre as divas e nós é que a vida delas está na vitrine, para nosso julgamento. Nossas dores ficam entre quatro paredes.

2 de setembro de 2007

LA GOZADERA

Eu já havia gostado muito dos pensamentos e poemas publicados no livro *Da amizade*, de Francisco Bosco, lançado em 2003. Pois agora, quatro anos depois, Chico lança *Banalogias*, um livro de ensaios que transforma o banal em filosofia da boa. Daqueles livros que nos mantêm grudados até a última página e que abandonamos sob protestos.

Chico não se contenta com o aspecto periférico de nada e vai fundo buscar o que não se enxerga a olho nu: o maquiavelismo de algumas críticas contra Caetano Veloso, a desimportância das dedicatórias de livros, o reducionismo das sinopses de filmes, o que diferencia um golaço de um gol bonito, a necessidade da tristeza, a insistência em comparar letra de música com poesia e outros assuntos que ele aprofunda como um astuto arqueólogo do cotidiano. Entre os temas, destaco o delicioso "A ética da gafieira em 15 passos", de onde tirei o assunto para minha crônica de hoje, ou para o que resta dela. Chico Bosco fala que a exigência de o cavalheiro conduzir a dama, de ela ser conduzida, a obrigação de pensar na sequência de passos e tudo mais conferem uma certa rigidez e tensão aos bailarinos iniciantes, quando na verdade a dança de gafieira pede justamente o contrário. "*É a conquista de uma liberdade – isto é, a conquista do erro – que possibilita o sorriso, a soltura, o improviso. Numa palavra, como dizem os cubanos,* la gozadera."

Agora me diga você, que vive contraído por causa das pressões sociais, das expectativas alheias, das ideias absurdas de perfeição que foram colocadas na sua cabeça, como é que ainda não se permitiu a conquista do erro? Está aí a chave para uma vida, senão mais feliz, ao menos mais divertida. Porque é do erro que surgem novas soluções. Os desacertos nos movimentam, nos humanizam, nos aproximam dos outros, enquanto que o sujeito nota 10 nem consegue olhar para o lado, não pode se desconcentrar um minuto sob pena de ver seu mundo cair.

O mundo já caiu, baby. Só nos resta dançar sobre os destroços.

A escritora e filósofa francesa Chantal Thomas certa vez disse que na sociedade moderna há muito lazer e pouco prazer. O fato de você estar passeando, nadando ou comendo não significa que está tendo prazer, talvez esteja apenas obedecendo as leis severas do "tempo livre". O que há de divertido em reservar uma mesa num restaurante da moda para daqui a três meses, em enfrentar filas intermináveis para ver uma exposição de um artista que você nem sabe quem é, em comprar uma bolsa caríssima que logo será vendida a dez reais no camelô e em praticar a ginástica do momento para não ficar desatualizada? Tudo isso são solicitações culturais, imposições de fora. O prazer está na invenção da própria alegria.

O pai de Chico, João Bosco, há muitos anos sussurrou belamente em nossos ouvidos: são dois pra lá, dois pra cá. Vem agora o filho e gentilmente retira a ponta do torturante band-aid do calcanhar. Soltemos nossos passos e gozemos a vida.

9 de setembro de 2007

EM CASO DE DESPRESSURIZAÇÃO

Eu estava dentro de um avião, prestes a decolar, e pela milionésima vez na vida escutava a orientação da comissária: "Em caso de despressurização da cabine, máscaras cairão automaticamente à sua frente. Coloque primeiro a sua e só então auxilie quem estiver a seu lado." E a imagem no monitor mostrava justamente isso, uma mãe colocando a máscara no filho pequeno, estando ela já com a sua.

É uma imagem um pouco aflitiva, porque a tendência de todas as mães é primeiro salvar o filho e depois pensar em si mesma. Um instinto natural da fêmea que há em nós. Mas a orientação dentro dos aviões tem lógica: como poderíamos ajudar quem quer que seja estando desmaiadas, sufocadas, despressurizadas?

Isso vem ao encontro de algo que sempre defendi, por mais que pareça egoísmo: se quer colaborar com o mundo, comece por você.

Tem gente à beça fazendo discurso pela ordem e reclamando em nome dos outros, mas mantém a própria vida desarrumada. Trabalham naquilo que não gostam, não se esforçam para conservar uma relação de amor, não cuidam da própria saúde, não se interessam por cultura e informação e estão mais propensos a rosnar do que a aprender. Com a cabeça assim minada, vão passar que tipo de tranquilidade adiante? Que espécie de exemplo? E vão reivindicar o quê?

Quer uma cidade mais limpa, comece pelo seu quarto, seu banheiro e seu jardim. Quer mais justiça social, respeite os direitos da empregada que trabalha na sua casa. Um trânsito menos violento, é simples: avalie como você mesmo dirige. E uma vida melhor para todos? Pô, ajudaria bastante colocar um sorriso nesse rosto, encontrar soluções viáveis para seus problemas, dar uma melhorada em você mesmo.

Parece simplório, mas é apenas simples. Não sei se esse é o tal "segredo" que andou circulando pelos cinemas e sendo publicado em livro, mas o fato é que dar um jeito em si mesmo já é uma boa contribuição para salvar o mundo, essa missão tão heroica e tão utópica.

Claro que não é preciso estar com a vida ganha para ser solidário. A experiência mostra que as pessoas que mais se sensibilizam com os dilemas alheios são aquelas que ainda têm muito a resolver na sua vida pessoal. Mas elas não praguejam, não gastam seu latim à toa: agem. A generosidade é seu oxigênio.

Tudo o que nos acontece é responsabilidade nossa, tanto a parte boa como a parte ruim da nossa história, salvo fatalidades do destino e abandonos sociais. E, mesmo entre os menos afortunados, há os que viram o jogo, ao contrário daqueles que apenas viram uns chatos. Portanto, fazer nossa parte é o mínimo que se espera.

Antes de falar mal da *Caras*, pense se você mesmo não anda fazendo muita fofoca. Coloque sua camiseta pró-ecologia, mas antes lembre-se de não jogar lixo na rua e de não usar o carro desnecessariamente. Reduza o desperdício na sua casa. Uma coisa está relacionada com a outra: você e o universo. Quer mesmo salvá-lo? Analise seu próprio comportamento. Não se sinta culpado por pensar em si mesmo. Cuide do seu espírito, do seu humor. Arrume seu cotidiano. Agora, sim, estando quite consigo mesmo, vá em frente e mostre aos outros como se faz.

23 de setembro de 2007

AMO VOCÊ QUANDO NÃO É VOCÊ

Parece aquelas notícias de jornal popular, mas merece uma página inteira na imprensa nobre. Escute só: um casal em crise estava, cada um, em segredo, trocando e-mails com um pretendente virtual. Ela querendo ver o marido pelas costas e totalmente envolvida pelo cara com quem teclava todos os dias. E o marido querendo que a bruaca evaporasse para poder curtir a gata que conheceu num chat. Você certamente já matou a charada: cada um marcou um encontro às ganhas com seu amor clandestino e shazam: descobriram que estavam teclando um com o outro sem saber.

Ou seja, marido e mulher não se amavam mais, porém se apaixonaram um pelo outro pela internet, usando pseudônimos. Imagine a cena: você se arruma para um primeiro encontro com alta carga erótica e dá de cara com seu cônjuge. Eu iria rir da situação e tentaria reinvestir no casamento desgastado, dessa vez estabelecendo novos códigos, mas o casal em questão não teve senso de humor e pediu o divórcio, alegando que estavam sendo "traídos". Moralismo nessa hora?

Não é preciso teses nem seminários: esse fato, isoladamente, consegue explicar e exemplificar o ponto frágil dos casamentos de longa duração. Todo ser humano é vaidoso – uns mais, outros menos –, e essa vaidade se estende ao campo da sedução. Por mais que a gente ame a pessoa com quem casamos, a passagem do tempo reduz o feedback sexual. As transas podem até continuar prazerosas e relativamente assíduas, mas já não temos certeza se seríamos capazes de chamar a atenção de alguém que nada soubesse sobre nós, e essa é uma necessidade que não esmorece nunca: seguimos interessantes? Seguimos atraentes? E a pergunta mais séria entre todas: depois de tanto tempo fundidos com um parceiro, sabemos ainda quem somos nós?

Sendo assim, ficamos suscetíveis a uma paquera. Pela internet, parece seguro, sem consequências, mas não impede que nos apaixonemos – nem tanto pelo outro, mas principalmente por nós mesmos. Recuperamos a adolescência perdida: nos tornamos novamente audazes, sedutores e jovens – paixão rejuvenesce mais que botox. É a chance para a gente se reinventar e ganhar uma sobrevida neste mausoléu de sentimentos chamado "estabilidade afetiva". Não, você não, que é de outra estirpe. Estou falando de gente comum.

Esse casal pagou um mico, mas fez um alerta à humanidade: somos capazes de nos apaixonar por quem já fomos apaixonados, desde que esta pessoa se apresente a nós como uma novidade e nos dê também a chance de sermos quem a gente ainda não foi. Esse marido, que em casa talvez fosse carrancudo e desleixado, revelou-se bem-humorado e empreendedor para sua nova "namorada". A esposa, que em casa talvez bocejasse pelos cantos, mostrou-se alegre e entusiasmada para o novo "namorado". Estavam o tempo inteiro conversando com quem conheciam há anos, mas, da forma que se apresentaram, desconheciam-se.

Já escrevi uma vez sobre este tema: a gente se apaixona para corrigir nosso passado. Agora fica claro que podemos corrigir nosso passado com os próprios protagonistas do nosso passado, desde que eles nos enxerguem com olhos mais curiosos, com um coração mais disposto e que acenem com um novo futuro.

30 de setembro de 2007

LÚCIFER E OS LÚCIDOS

"Lúcido deve ser parente de Lúcifer
a faculdade de ver deve ser coisa do demônio
lucidez custa os olhos da cara."

Estou embriagada pelos novos poemas de Viviane Mosé. Esta é só uma palhinha de *Pensamento chão,* um livro essencial nesses tempos em que já sabemos que não convém circular de Rolex por aí, já sabemos que certos políticos nunca ouviram falar em honra, já sabemos que o verão vai ser sufocante e só nos resta olhar um pouco para dentro de nós, o único lugar onde ainda encontramos alguma novidade.

Essa visão inusitada que Viviane nos oferece sobre lucidez, por exemplo, é um convite para a reflexão. Em tempos insanos, de tanta gente maluca por vaidade, maluca por juventude, maluca por dinheiro, maluca por poder, os lúcidos destacam-se pela raridade. São aqueles que não inventam personagens de si mesmos, não se trapaceiam, não criam fantasias, ao contrário: se comprometem com a verdade. E se envolver assim com a transparência dos fatos requer uma integridade diabólica. Para olhar o bicho nos olhos é preciso ser bicho também. Enfrentar a verdade é quase um ato de selvageria.

Mas que verdade é essa, afinal? É aí que o demônio apresenta sua conta, pois o lúcido tem que se confrontar com uma verdade desestabilizadora: a de que não existe verdade absoluta. Nossos pensamentos não estacionam, nossos desejos variam, o certo e o errado flertam um com o outro, não há permanência, tudo é provisório, e buscar um porto seguro é antecipar o fim: a única segurança está na morte, será ela nosso único endereço definitivo. Durante o percurso da vida, tudo é movimento, surpresa e sorte.

O lúcido faz parte do time – cada vez mais desfalcado – dos que se desesperam como todo mundo, porém de um modo mais íntimo e refinado. O lúcido organiza sua loucura, acondiciona o que está solto no ar, interliga várias ideias independentes para que, agarradas umas nas outras, não se dispersem, estejam ao alcance da mente. Quanto mais o lúcido pensa, mais percebe que lucidez plena não existe, o que existe são suposições, algumas até coerentes, e que nos mantêm no eixo. Lúcido é aquele que sabe que lucidez é uma falácia, e não pira com isso. Recebe a conta das mãos do demônio, calcula os ganhos e os prejuízos, e paga. Custa sim, Viviane, os olhos da cara, esse vício de pensar e repensar, pensar e compensar, pensar, pensar, pensar e morrer do mesmo jeito. Por isso achei tão interessante seu poema. Você matou a charada: Lúcifer é uma espécie de padroeiro dos lúcidos – e lúcido é só um outro nome para louco. O louco que tem a cabeça no lugar demais.

14 de outubro de 2007

MATANDO A SAUDADE EM SONHO

A saudade não tem nada de trivial. Interfere em nossa vida de um modo às vezes sereno, às vezes não. É um sentimento bem-vindo, pois confirma o valor de quem é ou foi importante para nós, e é ao mesmo tempo um sentimento incômodo, porque acusa a ausência, e os ausentes sempre nos doem.

Por sorte, é relativamente fácil exterminar a saudade de quase tudo e de quase todos, simplesmente pegando o telefone e ouvindo a voz de quem nos faz falta, ou indo ao encontro dessa pessoa. Ou daquele lugar que ficou na memória: uma cidade, uma antiga casa. Podemos eliminar muitas saudades, enquanto outras vão surgindo. A saudade do sabor de uma comida, de um cheiro do passado, de um abraço. Há muitas saudades possíveis de se conviver e possíveis de matar. A única saudade que não se mata é a de quem morreu. Matar, morrer. Que verbos macabros para se falar de nostalgia.

Já ouvi vários relatos sobre a saudade que se sente de um pai, de um avô, de um filho, de uma amiga, dos afetos que nos deixaram cedo demais – sempre é cedo para partir, não importa a idade de quem se foi. Ficam as cenas guardadas na lembrança, mas elas se esvanecem, recordações são sempre abstratas. De concreto, palpável, tem-se as fotos e as imagens de gravações caseiras, mas de tanto vê-las, já não vemos. Já as sabemos de cor. Não há o rosto com uma expressão nova, a surpresa de um gesto inusitado.

Como, então, vencer a saudade com algo que seja mais parecido com presença?

Através do sonho.

Uma mãe que perdeu seu filho quatro anos atrás me conta que todos em casa sonham com ele, menos ela. Para sua infelicidade, ela não tem controle sobre isso, simplesmente não recebe essa benção, e queria tanto. E eu a entendo, porque através do sonho a pessoa que se foi nos faz uma visita. Pode até ser uma visita aflitiva, mas a pessoa está de novo ali, ela está interagindo, ela está sorrindo, ou está calada, ou está dançando, ou escapando de nossas mãos, mas ela está acontecendo em tempo real, que é o período em que estamos dormindo, e que faz parte da vida, e não da morte.

De vez em quando sonho com minha avó e sempre acordo animada por ela ter encontrado esse meio de me dar um alô, de me fazer recordá-la. Observo seu jeito, ouço sua voz e penso: quem roteirizou esse sonho? De onde vieram suas palavras para mim? A resposta lógica: meu inconsciente falou através dela, só que isso tira todo o encanto da cena. Prefiro acreditar que ela é que esteve no comando da sua aparição, me dizendo o que tinha para dizer, nem que fosse uma frasezinha à toa.

Um colega de trabalho falecido há vinte anos num acidente de carro também já me apareceu em sonhos algumas vezes, e quando isso acontece acordo com a sensação de que morte, mesmo, é esquecimento: enquanto eu abrir as portas do sonho para ele entrar, meu amigo seguirá existindo.

Neste feriado de Finados, o que se pode desejar para os inúmeros saudosos de mães, de maridos, de netos? Que os sonhos abracem a todos.

2 de novembro de 2007

BALANÇANDO ESTRUTURAS

Uma amiga minha vive dizendo que odeia amarelo, que prefere tomar cianureto a usar uma roupa amarela. Quem a conhece já a ouviu dizer isso mil vezes, inclusive seu namorado. Pois uns dias atrás ela me contou que esse seu namorado chegou em sua casa e, mesmo os dois estando há uma semana sem se ver, brigaram nos primeiros cinco minutos de conversa e ele foi embora. "Mas o que aconteceu?", perguntei. "Eu sei lá", me respondeu ela. "Estávamos morrendo de saudades um do outro, mas começamos a discutir por causa de uma bobagem". Eu: "Que bobagem?". Então ela me disse: "Você não vai acreditar, mas ele ficou desconcertado por eu estar usando uma camiseta amarela".

Ora, ora. Era a oportunidade para eu utilizar meus dons de psicóloga de fundo de quintal. Perguntei para minha amiga: "Quer saber o que eu acho?". A irresponsável respondeu: "Quero". Mal sabia ela que eu recém havia assistido a uma palestra sobre as armadilhas da tão prestigiada estabilidade. Arregacei as mangas e mandei ver.

Você está namorando o cara há pouco tempo. Sabemos como funcionam esses primeiros encontros. Cada um vai fornecendo informações para o outro: eu adoro rock, eu tenho alergia a frutos do mar, tenho um irmão com quem não me dou bem, prefiro campo em vez de praia, não gosto de teatro, jamais vou ter uma moto, não uso roupa amarela. A gente então vai guardando cada uma dessas frases num baú imaginário, como se fosse um pequeno tesouro. São os dados secretos de um novo alguém que acaba de entrar em nossa vida. Assim vamos construindo a relação com certa intimidade e segurança, até que um belo dia nosso amor propaga as maravilhas de uma peça de teatro que acabou de assistir, ou sugere vinte dias de férias numa praia deserta, ou usa uma roupa amarela. Pô, como é que dá pra confiar numa criatura dessas?

Pois dá. Aliás, é mais confiável uma criatura dessas do que aquela que se algemou em meia dúzia de "verdades" inabaláveis, que não muda jamais de opinião, que registrou em cartório sua lista de aversões. Vale para essas bobagens de roupa amarela e praia deserta, e vale também para coisas mais sérias, como posicionamentos sobre o amor e o trabalho. Mudanças não significam fragilidade de caráter. É preciso ter uma certa flexibilidade para evoluir e se divertir com a vida. Mas ainda: essa flexibilidade é fundamental para manter nossa integridade, por mais contraditório que pareça. Me vieram agora à mente os altos edifícios que são construídos em cidades propensas a terremotos, que mantêm em sua estrutura um componente que permite que se movam durante o abalo. Um edifício que balança! Com que propósito? Justamente para não vir abaixo. Se ele não se flexibilizar, a estrutura pode ruir.

O fato de transgredirmos nossas próprias regras só demonstra que estamos conscientes de que a cada dia aprendemos um pouco mais, ou desaprendemos um pouco mais, o que também é amadurecer. Não estamos congelados em vida. Podemos mudar de ideia, podemos nos reapresentar ao mundo, podemos nos olhar no espelho de manhã e dizer: bom dia, muito prazer. Ninguém precisa ficar desconcertado diante de alguém que se desconstrói às vezes.

Eu também não gosto de roupa amarela. Quem abrir meu armário vai encontrar basicamente peças brancas, pretas, cinzas e em algumas tonalidades de verde. No entanto, hoje de manhã saí com um casaco amarelo canário! Tenho há mais de dez anos e quase nunca usei. Pois hoje saí com ele para dar uma volta e retornei para casa sendo a mesmíssima pessoa, apenas um pouco mais alegre por ter me sentido diferente de mim mesma, o que é vital uma vez ao dia.

11 de novembro de 2007

POVOAR A SOLIDÃO

A sua é de que tamanho? Difícil encontrar alguém que tenha uma solidão pequena, ajustada, do tipo baby look. Geralmente a solidão é larga, esgarçada, como uma camiseta que poderia vestir outros corpos além do nosso. E costuma ser com outros corpos que se tenta combatê-la, mas combatê-la por quê?

Se nossa solidão pudesse ser visualizada, ela seria um vasto campo abandonado, um estádio de futebol numa segunda-feira de manhã. Dói, mas tem poesia. Talvez seja por aí que devamos reavaliá-la: no reconhecimento do que há de belo na sua amplitude.

A solidão não precisa ser aniquilada, ela só precisa de um sentido. Eu não saberia dizer que outra coisa mais benéfica para isso do que livros. Uma biblioteca com mil volumes é um exército que não combate a solidão, mas a ela se alia.

A solidão costuma ser tratada como algo deslocado da realidade, como um tumor que invade um órgão vital. Ah, se todos os tumores pudessem ser curados com amigos. Uma pessoa que não fez amigos não teve pela sua vida nenhum respeito. Nossa solidão é nossa casa e necessita abrir horários de visita, hospedar, convidar para o almoço, cozinhar com afeto, revelar-se uma solidão anfitriã, que gosta de ouvir as histórias das solidões dos outros, já que todos possuem seus descampados.

A solidão não precisa se valer apenas do monólogo. Pode aprender a dialogar, e deve exercitar isso também através da arte. Há sempre uma conversa silenciosa entre o ator no palco e o sujeito no escuro da plateia, entre o pintor em seu ateliê e o visitante do museu, entre o escritor e o seu leitor desconhecido. Ah, os livros, de novo. De todos os que preenchem nossa solidão, são os livros os mais anárquicos, os mais instigantes. Leia, e seu silêncio ganhará voz.

Às vezes tratamos nosso isolamento com certa afetação. Acendemos um cigarro na penumbra da sala, botamos um disco dilacerante e aguardamos pelas lágrimas. Já fizemos essa cena num final de domingo – tem dia mais solitário? É comum que a gente entre na fantasia de que nossa solidão daria um filme noir, mas sem esquecer que ela continuará conosco amanhã e depois de amanhã, deixando de ser charmosa e nos acompanhando até o supermercado. Suporte-a com bom humor ou com mau humor, mas não a despreze.

Permita que sua solidão seja bem-aproveitada, que ela não seja inútil. Não a cultive como uma doença, e sim como uma circunstância. Em vez de tentar expulsá-la, habite-a com espiritualidade, estética, memória, inspiração, percepções. Não será menos solidão, apenas uma solidão mais povoada. Quem não sabe povoar sua solidão, também não saberá ficar sozinho em meio a uma multidão, escreveu Baudelaire.

Ah, os livros, outra vez.

11 de novembro de 2007

O CAPRICHO DA SIMPLICIDADE

Eu estava numa grande loja, naquele esquema "só estou dando uma olhada", quando vi uma senhora se apossar de uma bolsa como se tivesse encontrado o Santo Graal. Chamou a filha e mostrou: não é linda?? Agarrada à bolsa em frente ao espelho, ela virava de um lado, de outro, extasiada com a própria imagem carregando aquela bolsa de couro azul-turquesa com umas 357 tachas pretas. Eu já vi bolsa feia nesta vida, mas como aquela, nem nos meus pesadelos mais tiranos.

Mas a tal senhora estava apaixonada pela bolsa. Mostrava a etiqueta com o preço para a filha e dizia: "E nem é tão cara!".

Nem é tão cara??? A loja deveria estender um tapete vermelho e chamar banda de música para quem levasse aquele troço por cinco reais.

E a senhora voltava ao espelho, experimentava a bolsa, levo ou não levo? Eu tive vontade de cutucar o ombro dela e dizer pelamordedeus não faça essa loucura, olhe em volta, tem bolsa muito mais bonita, com mais classe, mais usável, deixe essa coisa medonha pra lá.

Claro que não me meti e saí da loja antes de ver a tragédia consumada.

E então fiquei pensando nessa história de bom gosto e mau gosto, classificação que os politicamente corretos rejeitam, dizendo que gosto cada um tem o seu e fim de papo. Não é bem assim: a diferenciação existe. O que não impede que pessoas de bom gosto errem e pessoas de mau gosto acertem – de vez em quando.

Cheguei em casa e fui reler um texto escrito por Celso Sagastume, em que ele defende que bom gosto se aprende. Que uma pessoa começa a gostar do que é bom quando adquire bagagem cultural (através de viagens e do acesso à arte) e quando tem humildade para observar pessoas e lugares reconhecidamente sofisticados e extrair deles a informação necessária para compor o seu próprio bom gosto.

Sofisticação, no entanto, tem variadas interpretações. Eu não troco uma charmosa bolsa de palha por uma Louis Vuitton, e pode me chamar de maluca. Nunca duvidei de que menos é mais, e acho que estou me saindo razoavelmente bem, com uma porcentagem aceitável de deslizes.

Bom gosto e mau gosto custam a mesma coisa, me disseram certa vez. Adotei a frase como minha, tanto concordo com ela. Aliás, o mau gosto às vezes custa até mais caro. Ninguém precisa de muito dinheiro quando tem capricho e noção.

Capricho para tornar sua casa confortável, alegre e preparada não para uma foto, mas para ter história. Capricho para escrever um e-mail mantendo certa diagramação e um português correto. Capricho ao se vestir, deixando de se monitorar por grifes e valorizando mais o estilo.

Capricho é cuidado e antenação. Flores frescas nos vasos, unhas limpas, música em volume adequado, educação ao falar, abajures em vez de luz direta, um toque personalizado e uma pitada de bom humor em tudo: nas atitudes, no visual, até na bagunça do escritório, que uma baguncinha também tem seu charme.

Onde eu quero chegar com isso? Na bolsa azul-turquesa com 357 tachas pretas que a gente carrega desnecessariamente por falta de treinar o olho para as coisas mais simples.

18 de novembro de 2007

PRECISAMOS FALAR SOBRE TUDO

Li alguns livros muito bons este ano (desde os brilhantes *Homem comum*, de Philip Roth, e *Na praia*, de Ian McEwan, até a estreia promissora da carioca Maria Helena Nascimento em *Olhos baixos*), mas o que me deixou com os quatro pneus arriados foi *Precisamos falar sobre o Kevin*, de Lionel Shriver. Um livro obrigatório por inúmeras razões, mas vou tentar salientar duas ou três.

Pra começar, o tema é macabramente atual: a rotina de massacres em escolas (principalmente nos Estados Unidos) em que adolescentes matam colegas e professores sem motivo aparente. Aliás, nada é mais preguiçoso do que procurar um motivo aparente.

Talvez aí resida o melhor do livro: ele rejeita as versões oficiais, aquelas que engolimos fácil, que nos descem sem esforço. Quem narra a história é a mãe do assassino, um garoto de dezesseis anos que nasceu perverso por natureza, mas que chegou às raias da insanidade ao atirar premeditadamente em onze colegas escolhidos a dedo para morrer. Se fosse um livro como os outros, a mãe faria um mea-culpa choroso, dizendo que precisou trabalhar fora e com isso a educação do filho ficou descuidada. Ou iria falar sobre más influências. Ou então defender que ele foi excluído pela sociedade por ser asiático, ou negro, ou gay ou simplesmente por ser mais um deprimido, mas isso seria tão rasteiro quanto sonolento. E o livro é o oposto: é uma bofetada a cada página. Nunca gostei de apanhar, mas esse livro me nocauteou e ainda terminei dizendo "quero mais".

O relato não é condescendente com nada nem com ninguém. A mãe do garoto relembra passagens da sua alegre vida de recém-casada, da sua relutância em engravidar, do susto com o nascimento daquela criança que ela não identificava como um presente dos céus, da enorme dificuldade em contornar conflitos, da distância que surgiu entre ela e o pai do bebê e do incômodo reconhecimento de que formar uma família feliz não é tão simples como anunciam por aí. Só que a autora vai além da desconstrução do sublime. Ela desconstrói a todos nós, fazendo vir à tona nossa incompetência como controladores de voo de nossos filhos. Nossas orientações são bem-intencionadas, mas não onipotentes. Nosso amor é necessário, mas nem sempre é bem compreendido ou bem transmitido. Nossos cuidados podem vir a ser infrutíferos, nossas palavras podem não adiantar, nossas atitudes talvez não sirvam como exemplo. Existe algo tão influente quanto tudo isso: a nossa dor interna. Ela contamina, ela comunica, ela desgraçadamente também educa – ou deseduca.

E tem ainda esta nossa sociedade doentia, que transforma qualquer ato estapafúrdio em espetáculo, que não dá chance aos invisíveis, que derruba antigos valores éticos e morais sem substituí-los por algo que valha a pena. Hoje a inversão é total: um pequeno gesto de bondade passa a ser assombroso, enquanto que a violência é de casa, cotidiana.

O livro é violento não pela transcrição de cenas sanguinárias – quase não há –, mas pela brutalidade dos pensamentos e diálogos. Bruto no sentido de honesto, de trazer à tona uma verdade nua, selvagem, sem retoques. O livro é brutal porque implode as fachadas. Nada fica de pé.

O leitor que for igualmente honesto consigo mesmo, que tiver o mínimo de conhecimento psicológico, que estiver disposto a enfrentar sua fragilidade da mesma maneira que se vangloria de suas virtudes, vai acusar o golpe. Óbvio que não estamos criando assassinos em série, eles ainda são casos isolados, mas fazemos parte de uma única sociedade que precisa, sim, falar sobre o Kevin, falar sobre o João, falar sobre nossos filhos e sobre nós mesmos, entendendo por "nós" aquela parte da gente que fica entrincheirada, se recusando a fazer parte do todo. Mas que, querendo ou não, faz.

9 de dezembro de 2007

AONDE É QUE EU IA MESMO?

Uma vez escrevi uma crônica que se chamava "Coisa com coisa". Era sobre a minha vexamosa tendência de trocar o nome das pessoas. Não apenas nomes de pessoas que mal conheço, mas também nomes de parentes. Parentes próximos, como filhos. Com o tempo, comecei a trocar também nomes de objetos, a me embaralhar com os verbos e a perder palavras que estavam na boca da língua. Desculpe, quis dizer na ponta da língua. Ou seja, passei a não dizer mais coisa com coisa.

Pois tenho novidades: piorei muito.

Às vezes estou no meu quarto e penso: vou na sala buscar meus óculos. Quando estou no corredor, já esqueci o que ia fazer na sala. Quando chego na sala, olho em volta e tento descobrir o que fui fazer ali. Não recordo. Fico feito uma barata tonta: "O que era mesmo?" Volto pro quarto de ré, pra ver se a memória é resgatada no rewind, feito fita rebobinada, mas não adianta. Dali a dois minutos, lembro: "Ah, eu ia pegar os óculos! Onde mesmo?"

Tenho comentado isto com alguns amigos, na esperança de que me olhem com piedade e me recomendem um bom médico, mas o que mais escuto é: "Comigo tem sido a mesma coisa". Pesquisei com conhecidos dos dezenove aos noventa anos. Com todos tem sido assim. Alzheimer geral. Tem alguma coisa errada, e não é só comigo.

Li recentemente uma matéria que associa a falta de memória com a falta de sono. É uma teoria. Os especialistas entrevistados para a matéria recomendam que a gente não abra mão de dormir oito horas seguidas. Dizem que isso não é balela, que ajuda mesmo o cérebro a descansar e a retomar as tarefas do dia seguinte com funcionamento pleno. Maravilha. Oito horas de sono. Me explique como.

Eu apago a luz cedo. Antes da meia-noite. Às vezes às dez e meia. Tenho perdido o *Saia Justa* por causa disso. O *Manhattan Connection*. A minissérie *Queridos Amigos*. Meu sono está me emburrecendo, mas, quando os olhos pesam, não há outra saída a não ser capitular. Desligo o abajur e apago junto. Só que às quatro da matina minha cabeça acorda sozinha! A cabeça, essa maldita. Ela então faz um apanhado geral dos problemas a serem resolvidos no dia seguinte. Na verdade, nem problemas são, mas durante a madrugada qualquer unha encravada vira um câncer terminal. Sabe como é, a noite potencializa o drama. Então fico eu ali fritando nos lençóis, pensando, pensando. Verbo desgraçado: pensar.

Quando consigo pegar no sono de novo, o despertador faz o seu serviço: me desperta. Cedíssimo: hora de levar os filhos (o nome deles, mesmo?) ao colégio. Há quem tenha reunião no escritório. Outros, massagem. Outros precisam ir para a parada de ônibus. Quem consegue hoje em dia dormir oito horas de sono cravado? Os milionários, e nem eles, eu acho.

Tampouco tenho sonhado. Não há sono suficiente para criar uma historinha com começo, meio e fim. Freud teria dificuldade em trabalhar hoje em dia: dorme-se pouco. E lembra-se menos ainda. Fim de era para o descanso e a memória. Do que eu estava falando mesmo?

A solução é mudar a rotina. Ver menos televisão. Ter menos obrigações. Morar em lugares mais silenciosos. Ter menos vida noturna. Menos compromissos. Menos agenda. Menos e-mails. Menos contatos profissionais, mais amigos. Menos trabalho, mais férias. Menos filhos: é difícil decorar dois nomes. Filho único é mais fácil. E deixar de frescura e pendurar logo aquele troço medonho que prende as hastes dos óculos ao nosso pescoço.

9 de dezembro de 2007

GRISALHA? NÃO, OBRIGADA

Certa vez, por ocasião do Dia dos Pais, escrevi uma crônica chamada "A dignidade do grisalho", defendendo que os homens deveriam pensar muito antes de pintar o cabelo, já que o grisalho lhes dava muito mais credibilidade, charme e juventude – isso mesmo, juventude. Citei Giorgio Armani como um desses garotos.

Em contraponto, disse que entendia perfeitamente que mulheres pintassem o cabelo, já que em nós o grisalho passa uma ideia de relaxamento e raramente nos cai bem.

Pois descubro que um dos livros mais comentados por aí tem sido *Meus cabelos estão ficando brancos, mas eu me sinto cada vez mais poderosa*, da americana Anne Kreamer, que, depois de extensa pesquisa de campo, defende que as mulheres não perdem nada em manterem suas melenas ao natural.

Anne defende que ficar grisalha é um ato político, de afirmação. Uma outra espécie de vaidade, muito mais honesta. Com suas mechas acinzentadas, as mulheres, como os homens, também ganham mais credibilidade, charme e, por que não, até juventude. Todos sabem: cabelos escuros, depois de uma certa idade, endurecem o semblante – e eu, que sou praticamente uma índia, não quero escutar mais nada: vou terminar de escrever esta crônica e ir pra cama chorar.

Ou seja, aquele truque de ficar loira pra não ficar velha estaria com os dias contados. Nem loira, nem ruiva, nem castanha, nem índia Sioux. Grisalha. É essa a verdadeira mulher moderna, de atitude.

Conceitualmente, concordo com tudo. Menos com a generalização. Que mulher é essa que só tem a ganhar? Qualquer uma de nós? Tá bom.

Recentemente estive no teatro e vi uma mulher com os cabelos curtos e grisalhos. O rosto dela era igual ao da Jacqueline Bisset nos áureos tempos. Tinha quase dois metros de altura, era magérrima e superestilosa. Ela não precisava de cabelo nenhum, podia ter um balde em cima da cabeça e continuaria um deslumbre. Mas para a mulher comum, que não chega a medir 1 metro e 65, que não tem corpo de modelo nem um guarda-roupa estiloso e ainda por cima quer manter os cabelos compridinhos, assumir a grisalhice é um homicídio qualificado contra si mesma.

A autora do livro condena a busca por uma aparência mais jovem. Concordo que não devemos entrar nessa neura: cada uma de nós pode ser atraente na idade que tiver. Mas o livro trata todas as pró-tinturas como mulheres patéticas que querem ter dezoito anos para sempre. Nunca é levantada a hipótese de desejarmos apenas ter uma relação cordial com nosso espelho, nos mirar sem ter vontade de gritar.

O assunto não é sério, mas totalmente trivial também não. Que mulher, em pleno gozo das suas faculdades mentais, diria que não dá a mínima pro cabelo? Eu, por enquanto, nem penso em cirurgias, botox ou preenchimentos, tenho pânico só de pensar em escarafunchar meu rosto – não que eu não precisasse –, mas me acusar de não ter atitude porque passo um tonalizantezinho de nada já é querer humilhar. Tenho atitude, sim, principalmente a atitude de pegar o telefone e marcar hora no cabeleireiro. Quem fala que isso é perder tempo não sabe que bela companhia é um livro enquanto a tintura age. Leve um bom livro pro salão e ganhe cultura enquanto "perde tempo".

Um cabelo branco, todinho branco, e bem curtinho, acho um charme total. Funciona porque branco é cor. Grisalho é o quê? Cansaço.

6 de janeiro de 2008

O DIREITO AO SUMIÇO

São poucos os adolescentes que não sonham, um dia, em passar uma temporada fora do país. Nem todos realizam, obviamente – não é um sonho barato. Mas juntando umas economias aqui, um fundo de garantia ali, se inscrevendo num programa de intercâmbio ou simplesmente munindo-se de coragem e uma mochila, muitos conseguem embarcar num avião: hora de dar um tempo, aprender outro idioma, meter a cara lá fora.

Eu tive essa oportunidade aos vinte e poucos anos. Poupei dinheiro, acumulei férias não vencidas na empresa onde trabalhava e saí para o mundo sozinha, interessada em conhecer vários lugares mas, principalmente, interessada em entender o que significava, afinal, esse "sozinha". Que delícia. Ninguém saber onde estou, o que comi no almoço, quais os meus medos, quem eram as pessoas com quem eu cruzava. Olhar para os lados e não reconhecer nenhum rosto, direcionar meus passos para onde eu quisesse, sem um guia, sem um acordo prévio, liberdade total. Desaparecida no mundo. Isso me conferia uma certa bravura, fortalecia minha autoestima. Claro que eu telefonava para casa de vez em quando e escrevia cartas, fazendo os relatos necessários e tranquilizando o pessoal, mas eu estava sozinha da silva com meus pensamentos e emoções novas.

Aí veio a tecnologia, com seus mil olhos, e acabou com essa história de sozinha da silva. Hoje ninguém mais consegue tirar férias da família, dos amigos e da vida que conhece tão bem. Antigamente era uma aventura fazer um autoexílio, sumir por uns tempos. Mas isso foi antes do Skype. Do MSN. Do e-mail. Hoje, nem que você vá para outro planeta consegue desaparecer.

Claro que só usa essa parafernália tecnológica quem quer. Você pode encontrar uma dúzia de cibercafés em cada quarteirão da cidade onde está e passar reto por cada um deles, fazer que não viu. Mas sua mãe, seu pai, sua namorada, sua irmã, seu melhor amigo, todos eles sabem que você está vivendo coisas incríveis e querem que você conte tudinho, em detalhes. Não custa nada mandar um sinal de vida, pô. Todos os dias, claro! Dois boletins diários: às onze da manhã e no fim da noite, combinado.

Sei que quando chegar a hora de minhas filhas sumirem no mundo vou rezar uma novena pela sagrada internet, mas não quero esquecer jamais da importância de se respeitar o distanciamento e o prazer que o viajante sente ao estar momentaneamente fora de alcance, sem rastreamento, sem monitoração. Para os que ficam, é um alívio poder ter notícias daquele que está longe, mas aquele que está longe tem o direito ao sumiço – e o dever até. Quem não desfruta do privilégio de deixar uma saudade atrás de si e curtir o "não ser", "não estar" e "não ser visto" perde uma das sensações mais excitantes da vida, que é se sentir um estrangeiro universal.

20 de janeiro de 2008

GUERREIRAS E HERÓIS

Não estou assistindo ao *Big Brother*, mas vi a chamada para o programa dia desses. Mostrava uma moça, uma das participantes, olhando pra câmera e dizendo com ar dramático: "Eu sou uma guerreira!!". É de dar nos nervos. Guerreira por quê? Porque está participando de um programa de televisão que vai levá-la, no mínimo, à capa da *Playboy*? Guerreira porque foi escolhida entre milhões de candidatos para ficar comendo do bom e do melhor e jogando conversa fora com um monte de desocupados? As pessoas não têm culpa de serem burras, mas mereciam uma surra por se levarem tão a sério.

O *Big Brother* é um programa de tevê como outro qualquer e não defendo sua extinção, mas é preciso ficar atento a certos exageros. Por exemplo, é um exagero condenar o jornalista Pedro Bial por apresentá-lo, o cara está trabalhando, só isso. Por outro lado, ele perde a noção quando chama aquele pessoal de "nossos heróis". É o mesmo caso do "guerreira": a troco de que usar essas expressões graves e superlativas para falar de uma brincadeira televisiva em que todos sairão ganhando?

O que irrita no *Big Brother*, mais do que sua inutilidade, é o fato de os participantes serem tratados como vítimas. Qual é? Circula pela internet um PPS que, pela primeira vez na história dos PPS, me tocou. Ele mostra heróis de verdade: homens e mulheres que abrem mão do conforto de suas casas para fazerem trabalho voluntário em aldeias na África e em clínicas móveis no Líbano. São pessoas que oferecem ajuda humanitária internacional através do programa Médicos sem Fronteiras e que não medem esforços para dar amparo e assistência a moradores de rua e demais necessitados, seja no fim do mundo ou aqui mesmo nas ruas do Brasil. Isso é heroico, isso é ser guerreiro. Quantos de nós, bem-nascidos e bem-criados, abrem mão de seus pequenos luxos para ajudar quem precisa?

Por isso, se você é da turma que liga pro *Big Brother* pra votar em paredões, pense melhor antes de erguer o telefone. Direcione sua ligação para um programa assistencial, gaste seu dinheiro com algo que realmente seja útil. Assista ao BBB, divirta-se e dê audiência, não há nada de errado com isso, mas, cada vez que tiver o impulso de ligar pra tirar fulano ou sicrana do programa, se toque: tem gente mais necessitada precisando da sua ligação. O site da Unicef traz uma lista de entidades que você pode colaborar dando apenas um telefonema. Quer dar uma espiadinha? Então espie o que está acontecendo à nossa volta.

5 de fevereiro de 2008

ANTES DE PARTIR

Um filme cujos protagonistas são Jack Nicholson e Morgan Freeman, com diálogos bem-construídos e um humor inteligente (mesmo tratando de um assunto difícil como a finitude da vida) já entra em cartaz com vantagem, mesmo que o roteiro não seja lá muito surpreendente.

Antes de partir não é mesmo surpreendente, mas isso também pode ser uma coisa boa. Ficamos sempre correndo atrás de fórmulas novas quando deveríamos nos dedicar mais a reforçar certas verdades. E a verdade do filme, se pudesse ser resumida numa frase, seria: aproveite o tempo que lhe resta. Nada que você já não tenha escutado mil vezes.

Nicholson e Freeman interpretam dois sessentões que descobrem estar com uma doença terminal. Os prognósticos apontam seis meses de vida para cada um, no máximo um ano. E agora? Esperar a extrema-unção numa cama de hospital ou buscar a extrema excitação?

Sem piscar, eles aventuram-se pelo mundo praticando esportes radicais, conhecendo lugares exóticos, desfrutando todos os prazeres de uma vida bem-vivida – claro que um deles é milionário e banca tudo, detalhe que nos falta na hora de pensar em fazer o mesmo. Você não pensa em fazer o mesmo?

Você, eu e mais seis bilhões de homens e mulheres também estamos com a sentença decretada, só não sabemos o dia e a hora. Está certo que é morbidez pensar sobre isso quando se é muito moço, mas alcançando uma certa maturidade, já dá pra parar de se iludir com a vida eterna, amém. Com dinheiro ou sem dinheiro, faça valer a sua passagem por aqui. Não sei se você percebeu, mas viver é nossa única opção real. Antes de nascermos, era o nada. Depois, virá mais uma infinidade de nada. Essa merrequinha de tempo entre dois nadas é um presentaço. Não seja maluco de desperdiçar.

Ok, quantos de nós podem sair amanhã para um safári na África, para um tour pelas pirâmides do Egito, para um jantar num restaurante cinco estrelas na França? Ou teriam coragem de saltar de paraquedas e pisar fundo num carro de corrida numa pista em Indianápolis? Se não temos grana nem dublês, então que a gente se divirta com outro tipo de emoção, que o filme, aliás, também recomenda.

Reconheçamos o básico: uma vida sem amigos é uma vida vazia. O mundo é muito maior que a sala e a cozinha do nosso apartamento. A arte proporciona um sem-número de viagens essenciais para o espírito. Amar é disparado a coisa mais importante que existe.

Que mais? Desmediocrize sua vida. Procure seus "desaparecidos", resgate seus afetos. Aprenda com quem tiver algo a ensinar, e ensine algo àqueles que estão engessados em suas teses de certo e errado. Troque experiências, troque risadas, troque carícias. Não é preciso chegar num momento-limite para se dar conta disso. O enfrentamento das pequenas mortes que nos acontecem em vida já é o empurrão necessário. Morremos um pouco todos os dias, e todos os dias devemos procurar um final bonito antes de partir.

5 de março de 2008

OS QUATRO FANTASMAS

Leiga, totalmente leiga em psicanálise, é o que sou. Mas interessada como se dela dependesse minha sobrevivência. Para saciar essa minha curiosidade, costumo ler alguns livros sobre o assunto, e acabei descobrindo, através do escritor Irvin Yalom, as quatro principais questões que assombram nossas vidas e que determinam nossa sanidade mental.

São elas:

1) sabemos que vamos morrer;

2) somos livres para viver como desejamos;

3) nossa solidão é intrínseca;

4) a vida não tem sentido.

Basicamente, isso. Nossas maiores angústias e dificuldades advêm da maneira como lidamos com nossa finitude, com nossa liberdade, com nossa solidão e com a gratuidade da vida. Sábio é aquele que, diante dessas quatro verdades, não se desespera.

Realmente, não são questões fáceis. A consciência de que vamos morrer talvez seja a mais desestabilizadora, mas costumamos pensar nisso apenas quando há uma ameaça concreta: o diagnóstico de uma doença ou o avanço da idade. As outras perturbações são mais corriqueiras. Somos livres para escolher o que fazer de nossas vidas, e isso é amedrontador, pois coloca a responsabilidade em nossas mãos. A solidão assusta também, mas sabemos que há como conviver com ela:

basta que a gente dê conteúdo à nossa existência, que tenhamos uma vontade incessante de aprender, de saber, de se autoconhecer. Quanto à gratuidade da vida, alguns resolvem com religião, outros com bom humor e humildade. O que estamos fazendo aqui? Estamos todos de passagem. Portanto, não aborreça os outros nem a si próprio, trate de fazer o bem e de se divertir, que já é um grande projeto pessoal.

Volto a destacar: bom humor e humildade são essenciais para ficarmos em paz. Os arrogantes são os que menos conseguem conviver com a finitude, com a liberdade, com a solidão e com a falta de sentido da vida. Eles se julgam imortais, eles querem ditar as regras para os outros, eles recusam o silêncio e não vivem sem aplausos e holofotes, dos quais são patéticos dependentes. A arrogância e a falta de humor conduzem muita gente a um sofrimento que poderia ser bastante minimizado: bastaria que eles tivessem mais tolerância diante das incertezas.

Tudo é incerto, a começar pela data da nossa morte. Incerto é nosso destino, pois, por mais que façamos escolhas, elas só se mostrarão acertadas ou desastrosas lá adiante, na hora do balanço final. Incertos são nossos amores, e por isso é tão importante sentir-se bem mesmo estando só. Enfim, incerta é a vida e tudo o que ela comporta. Somos aprendizes, somos novatos, mas beneficiários de uma dádiva: nascemos. Tivemos a chance de existir. De nos relacionar. De fazer tentativas. O sentido disso tudo? Fazer parte. Simplesmente fazer parte.

Muitos têm uma dificuldade tremenda em aceitar essa transitoriedade. Por isso a psicoterapia é tão benéfica. Ela estende a mão e ajuda a domar nosso medo. Só convivendo amigavelmente com estes quatro fantasmas – finitude, liberdade, solidão e falta de sentido da vida – é que conseguiremos atravessar os dias de forma mais alegre e desassombrada.

16 de março de 2008

UM CARA DIFÍCIL

Prezada leitora: se um dia você sair com um cara pela primeira vez, motivada a iniciar um relacionamento amoroso, e ele adverti-la dizendo "sou um cara difícil", acione a luz amarela. Ok, pode ser que seja apenas charminho dele, uma maneira de se valorizar aos seus olhos – usou o adjetivo "difícil" como oposto de "tedioso". Sim, talvez ele só queira deixá-la ainda mais a fim, dizendo uma frase desafiadora que pode ser traduzida como: será que você consegue dar conta do meu temperamento explosivo, terá atributos suficientes para me amansar e me fazer virar um cordeiro na sua mão? Mulheres adoram esse joguinho perigoso.

Só que pode não ser jogo algum, e ele estar sendo absolutamente modesto na sua própria descrição: talvez ele não seja difícil, e sim impossível.

Nenhum de nós é muito fácil, nem homens, nem mulheres. Só o fato de termos sido criados em cativeiro numa família com suas próprias regras, valores e manias já faz de cada um de nós uma aposta arriscada na hora de ter que negociar com uma espécie nascida em um cativeiro diferente. Mas, como relações entre irmãos são veementemente desaconselhadas, o jeito é procurar uma alma gêmea na praia, no bar, na rave, e torcer para que ele não dê o fatídico aviso "sou um cara difícil", porque se ele for mais difícil do que todos naturalmente são, aí danou-se.

O cara difícil vai estar superentusiasmado quando falar com você ao telefone pela manhã e, à tardinha, ligará de novo para desmarcar o cinema porque precisa ficar sozinho. E o mais grave: ele vai mesmo ficar sozinho, com a luz apagada, em embate silencioso com seus demônios internos.

Quando vocês estiverem na plateia de um show com três mil pessoas, ele vai encasquetar que um homem de camiseta verde está olhando com insistência pra você, e vai ter certeza de que você está retribuindo o olhar, e você vai perder a voz tentando explicar, no meio daquela barulheira, que tem pelo menos oitocentos marmanjos de camiseta verde em volta, todos olhando pro palco.

Aliás, se estivessem olhando pra você, qual o problema, ele não se garante?

Que audácia, você peitou o cara difícil. Ele vai deixá-la sozinha no show e desligará o celular por três dias. Se você não amá-lo, o prejuízo será apenas a bandeirada do táxi que você terá que pegar para voltar sozinha pra casa, mas se você o ama, prepare-se para esvair-se em explicações e declarações, a fim de trazê-lo de volta à realidade. Um cara difícil exige uma paciência oceânica.

Ele vai ser romântico e muito bruto. Ele vai ser generoso e muito casca-grossa. Ele vai dizer a verdade e vai mentir às vezes. Ele vai fazê-la se sentir uma eleita entre todas, e depois vai dar mole pra muitas. Ele vai implicar com as mínimas coisas, e com as grandes também. Ele vai exibir qualidades que você nem sabia que um homem poderia ter e, em troca, vai abusar de todos os defeitos que você sabia que todo homem tinha. Ele vai ser ótimo na cama. Vai ser um perigo dirigindo um carro. Vai ser gentil com sua mãe. Vai ser um brucutu com a mãe dele.

Ele mudará de humor a cada vinte minutos, ele vai brigar por nada, vai beijá-la demoradamente por horas e, com essa bipolaridade bem ou mal disfarçada, ele a deixará tão tonta e exausta que você pensará que foi atropelada por um trem descarrilhado. "Quem sou eu?" será sua primeira pergunta ao acordar sobre os trilhos.

No primeiro encontro, pergunte: você é um homem difícil? Se ele responder que é, procure imediatamente um psicanalista. Pra você, santa.

23 de março de 2008

JOGO DE CENA

O novo documentário de Eduardo Coutinho, *Jogo de cena*, merece ser visto por inúmeros motivos.

Primeiro, é um show de humanidade. Na tela, uma sequência de depoimentos de mulheres anônimas de todas as gerações e classes sociais. Elas contam seus dramas particulares como se estivessem numa sessão de psicanálise. São dramas parecidos com os de todo mundo: relações complicadas com filhos, separações conjugais, sonhos que foram adiados, superações, o enfrentamento da morte. Mas cada uma dessas histórias torna-se única pelo foco, pelo close, pela atenção que somos convidados a dar para cada uma dessas desconhecidas: atenção que quase não damos a mais ninguém aqui fora.

O pulo do gato da obra é que esses depoimentos são intercalados pela aparição de atrizes famosas que interpretam essas mulheres anônimas, repetindo o mesmo texto. Marília Pera, Fernanda Torres e Andréa Beltrão aceitaram o desafio, e aí vem o instigante do filme: não chegaram lá, apesar de toda a tarimba que possuem. Os depoimentos verdadeiros dão um baile nos depoimentos encenados. Fica evidente que ninguém consegue reproduzir uma emoção verdadeira, a não ser que não seja confrontado com a referência que lhe inspirou, ou seja: essas atrizes dão vida a personagens fictícios em novelas e peças de teatro com total competência, a gente até acredita que seus personagens existam, mas quando eles existem mesmo e são confrontados com a interpretação que recebem, a interpretação é desmascarada como tal. É incrível ver a reação das atrizes diante do resultado, elas ficam desestabilizadas por não conseguirem dramatizar com naturalidade aquilo que não é arte roteirizada, e sim vida real. E é nessa desestabilização que as atrizes também mostram sua faceta mais humana – e acabam por participar do documentário com depoimentos delas mesmas. Aí funciona.

Enfim, é um jogo de espelhos fascinante.

Por fim, mas não menos importante, todas as mulheres que aparecem no filme, por mais que tenham vidas sofridas – e como têm! – não perdem sua graça. No auge de seus depoimentos dilacerantes, surge uma ou outra frase que faz a plateia gargalhar, porque todas elas conseguem, em algum momento de sua narrativa, buscar algo que atenua o drama, que alivia a pressão, que relativiza o que está sendo contado. Não importa que elas não sejam grandes intelectuais: são inteligentes em sua postura de vida, sabem que até do sofrimento é possível arrancar um sorriso. Fiquei orgulhosa delas e de todas as mulheres que, mesmo mergulhadas em dor, não perdem a noção de que a vida é apenas uma breve passagem e merece ser curtida com esperança e sem reverência extrema. No final das contas, ficou claro que a tal alegria brasileira é mesmo redentora.

26 de março de 2008

MUITO BARULHO POR TUDO

Tem uns aí que acabaram de completar trinta anos de idade e já começam a falar coisas como: "no meu tempo" isso, "no meu tempo" aquilo. Imagina então quem está fazendo quarenta. Ou cinquenta. Ou mais. Está todo mundo em pânico, com medo de envelhecer. O que, de certa forma, é um medo mais razoável do que ter medo da morte: essa virá a qualquer hora e crau. Com sorte, a gente não vai nem perceber o que está acontecendo. Já envelhecer é um processo lento e com muitos dissabores. A perda da energia. A perda do pique. A perda do charme. A perda da saúde física.

Por essas e outras, recomendo aos "idosos" que amam bossa nova, chorinho, jazz, música clássica, música barroca, música instrumental, pagode, samba e bolero que vão assistir imediatamente ao documentário *Rolling Stones – Shine a Light.* Você pode odiar rock'n'roll, mas se ama a vida e anda sendo rondado pelo fantasma da decrepitude, o filme é um tratamento de choque da melhor qualidade. Você sai do cinema com uma visão renovada da terceira idade.

Mick Jagger fará 65 anos em julho. Keith Richards, 65 em dezembro. O baterista Charlie Watts tem 67, e o caçula Ron Wood, 61. Não dá para dizer que eles têm uma pele de anjo – seus rostos mais parecem o Grand Canyon. O brilhante Martin Scorsese (66 anos), que dirigiu *Shine a Light* com o talento que a gente conhece não é de hoje, simplesmente não teve condescendência alguma com os quatro rapazes da banda: dá pra enxergar até suas cáries.

Mas não é um filme de terror. Assistir por duas horas a Mick Jagger no palco é a prova inconteste de que lá adiante, ou ali adiante (não sei em que idade você se encontra) não há, necessariamente, perda de energia, nem perda de pique, nem perda de charme. Perda nenhuma de charme, aliás.

O homem é um dínamo.

Apesar de mostrar um show quase o tempo inteiro, lá pelas tantas aparece uma cena de Jagger bem garoto, recém começando a fazer sucesso, com aparência de quem cheirava a leite (mas já com ar de quem cheirava outra coisa). Um jornalista pergunta a ele: "Você se imagina fazendo a mesma coisa aos 60?" Resposta: "Fácil". Era provocação, mas o fato é que ele chegou em 2008 fazendo exatamente a mesma coisa. Só um pouquinho mais ofegante, mas menos do que muito quarentão que faz meia hora de esteira na academia.

Além de um registro histórico da banda mais longeva e mais importante depois dos Beatles, esse documentário é de tirar o fôlego. Dá um tapa na cara do nosso cansaço, nos envergonha pela nossa falta de atitude (palavrinha manjada, mas é a que define os Stones, não tem outra), e nos avisa: velhice? Sem essa. Nós também temos um palco: aqui, este. A vida. Também temos plateia, luz, figurino, a não ser que você tenha optado por virar ermitão. Um resfriado violento pode nos jogar na cama e nos fazer sentir velhos aos vinte anos, mas se temos saúde, não há velhice que nos detenha, a não ser que tenhamos, por vontade própria, deixado de usar o cérebro.

Vá assistir ao documentário mesmo gostando apenas de canto gregoriano. É uma injeção de adrenalina. E se você gosta de rock como eu, bom, então nem preciso recomendar nada: você já deve ter ido e está aí, fazendo planos para depois de se aposentar aos cem.

9 de abril de 2008

DOIDAS E SANTAS

"*Estou no começo do meu desespero/ e só vejo dois caminhos:/ ou viro doida ou santa.*" São versos de Adélia Prado, retirados do poema "A serenata". Narra a inquietude de uma mulher que imagina que mais cedo ou mais tarde um homem virá arrebatá-la, logo ela que está envelhecendo e está tomada pela indecisão – não sabe como receber um novo amor não dispondo mais de juventude. E encerra: "*De que modo vou abrir a janela, se não for doida? Como a fecharei, se não for santa?*"

Adélia é uma poeta danada de boa. E perspicaz. Como pode uma mulher buscar uma definição exata para si mesma estando em plena meia-idade, depois de já ter trilhado uma longa estrada onde encontrou alegrias e desilusões, e tendo ainda mais estrada pela frente? Se ela tiver coragem de passar por mais alegrias e desilusões – e a gente sabe como as desilusões devastam – terá que ser meio doida. Se preferir se abster de emoções fortes e apaziguar seu coração, então a santidade é a opção. Eu nem preciso dizer o que penso sobre isso, preciso?

Mas vamos lá. Pra começo de conversa, não acredito que haja uma única mulher no mundo que seja santa. Os marmanjos devem estar de cabelo em pé: como assim, e a minha mãe???

Nem ela, caríssimos, nem ela.

Existe mulher cansada, que é outra coisa. Ela deu tanto azar em suas relações, que desanimou. Ela ficou tão sem dinheiro de uns tempos pra cá, que deixou de ter vaidade. Ela perdeu tanto a fé em dias melhores, que passou a se contentar com dias medíocres. Guardou sua loucura em alguma gaveta e nem lembra mais.

Santa mesmo, só Nossa Senhora, mas, cá entre nós, não é uma doideira o modo como ela engravidou? (Não se escandalize, não me mande e-mails, estou brin--can-do.)

Toda mulher é doida. Impossível não ser. A gente nasce com um dispositivo interno que nos informa desde cedo que, sem amor, a vida não vale a pena ser vivida, e dá-lhe usar nosso poder de sedução para encontrar "the big one", aquele que será inteligente, másculo, se importará com nossos sentimentos e não nos deixará na mão jamais. Uma tarefa que dá para ocupar uma vida, não é mesmo? Mas além disso temos que ser independentes, bonitas, ter filhos e fingir, às vezes, que somos santas, ajuizadas, responsáveis, e que nunca, mas nunca, pensaremos em jogar tudo para o alto e embarcar num navio pirata comandado pelo Johnny Depp, ou então virar uma cafetina, sei lá, diga aí uma fantasia secreta, sua imaginação deve ser melhor que a minha.

Eu só conheço mulher louca. Pense em qualquer uma que você conhece e me diga se ela não tem ao menos três destas qualificações: exagerada, dramática, verborrágica, maníaca, fantasiosa, apaixonada, delirante. Pois então. Também é louca. E fascinante.

Todas as mulheres estão dispostas a abrir a janela, não importa a idade que tenham. Nossa insanidade tem nome: chama-se Vontade de Viver até a Última Gota. Só as cansadas é que se recusam a levantar da cadeira para ver quem está chamando lá fora. E santa, fica combinado, não existe. Uma mulher que só reze, que tenha desistido dos prazeres da inquietude, que não deseje mais nada? Você vai concordar comigo: só sendo louca de pedra.

13 de abril de 2008

A MULHER BANANA

A esta altura do campeonato, você já deve saber quem é a Mulher Melancia e a Mulher Jaca. São duas dançarinas de funk que ganharam notoriedade por possuírem quadris avantajados (respectivamente, 121 centímetros uma, 101 centímetros a outra). Essa é toda a história, com começo, meio e fim.

Tem também a Mulher Rodízio, forma bem-humorada com que a Preta Gil se autobatizou, justificando que ela tem carne pra todo mundo.

Pois agora vou apresentar pra vocês a grande novidade desse mercado tão nutritivo: a Mulher Banana.

A Mulher Banana, se tivesse um quadril de 120cm, correria três horas por dia numa esteira. Se isso não adiantasse, correria para uma mesa de cirurgia a fim de lipoaspirar uns cinco bifes de cada lado, pois ela acha que ter um bundão desmesurado é uma coisa meio vulgar. Faria isso por vaidade, pois acredita que, na prática, não faz a menor diferença para os homens se a mulher tem 90 centímetros ou 120 centímetros. Eu avisei que ela é banana.

Essa questão da vulgaridade quase a deixa doente. Ela não se conforma que essa bobajada ganhe tanto espaço na imprensa, incentivando um monte de menininhas a também rebolarem no pátio da escola. Ela morre de vergonha ao ver a mãe da Mulher Melancia dizer para um repórter que sente muito orgulho de ter uma filha vitoriosa. Ela se pergunta: pelamordedeus, não existe ninguém pra avisar essa gente que ter bunda não é um talento? A Mulher Banana é totalmente sem noção, coitada.

A Mulher Banana não se dá conta de que há pouco assunto para muito espaço na mídia. Não há novidade que chegue para preencher tanto conteúdo de internet, tanta matéria de revista, tanto programa de tevê, e é por isso que qualquer bizarrice vira notícia. Sem falar que, hoje em dia, tudo é cultura de massa, tudo é pop, tudo é passível de análise para criarmos uma identidade nacional. Não, não, não pode ser!! Pode, Mulher Banana.

A Mulher Banana, como o próprio nome diz, é ingênua, inocente, tolinha. Ela acredita que o discernimento nasceu para todos e que ser elegante vale mais do que ser ordinária. É boba, mesmo. Não no mercado das mulheres hortifrutigranjeiras, minha cara. Aliás, mercado ao qual você também pertence. Banana.

A Mulher Banana ainda se choca com certas imagens, com certas fotos. Não que ela desacredite no que está bem diante do seu nariz (já sondei e não tem parentesco algum com a Velhinha de Taubaté). Ela vê, ela sabe, ela está bem informada. Só que não consegue tirar isso pra piada, não leva na boa, não passa batido: ela é tão banana que se importa!!

Aviso desde já que a Mulher Banana não tem empresário, não posa para sites eróticos, não dá entrevistas e muito menos aceita sair de dentro de um bolo gigante usando apenas um tapa-sexo. Ela é banana. Vai morrer sem dinheiro, só é rica em potássio. E não pense que é movida à inveja. Se fosse, invejaria a bundinha da Gisele Bündchen, que também andou à mostra por esses dias e tem um tamanho bem razoável. A Mulher Banana, tadinha, ainda sonha com a valorização de um padrão estético razoável e de um comportamento social menos nanico. Não pode ser brasileira! Mas é, conheço-a como a mim mesma.

20 de abril de 2008

NÃO SORRIA, VOCÊ ESTÁ SENDO FILMADO

Sou incentivadora de alguns métodos clássicos para garantir a segurança pública – por exemplo, policiais bem-remunerados e bem-treinados, e em quantidade suficiente para monitorar as ruas. Mas não sou fanática. Tenho me constrangido com um procedimento que está se tornando comum nos "prédios inteligentes", todos eles de escritórios. Falo dessa mania irritante de nos ficharem na recepção.

Antes de pegar o elevador, é preciso passar por uma catraca. E, antes da catraca, há os recepcionistas que, não bastasse pedirem nossos documentos (até aí, ok), pedem para nos fotografar e também para que a gente aplique nossa digital num sensor para que a visita fique registrada para a posteridade. Não deve ser muito diferente de entrar num presídio, só que não estou visitando nenhuma cadeia de segurança máxima, quero apenas consultar um dentista.

Outro dia fui bem antipática num desses halls de entrada, logo eu que costumo ser uma flor de condescendência.

Pediram documentos, dei.

Pediram para tirar foto, tirei.

Pediram para aplicar minha digital numa máquina, apliquei.

Mas minha digital não ficou registrada. Sei lá, o teclado do computador deve ter gasto a ponta dos meus dedos.

Então a recepcionista me perguntou: posso passar um hidratante na sua mão?

Juro, sou calma, uma monja beneditina, mas não vou passar um hidratante qualquer no meio de uma tarde calorenta só porque minha digital não está sendo bem registrada por uma máquina incompetente. Vim trazer minha filha para uma consulta de revisão, e não trazer escondido um celular para um traficante.

Coitada da moça, estava ali apenas cumprindo ordens. Eu não disse nada disso, não nesse tom, mas, admito, me recusei a passar o tal creme. Acabaram me deixando entrar a contragosto, temendo que eu violasse todos os códigos de segurança e estivesse escondendo uma Uzi embaixo do vestido a fim de cometer uma carnificina naquele prédio todo espelhado. Ah, me deu vontade mesmo de incorporar um Javier Bardem, de cabelinho chanel e portando uma arma de matar gado. Onde os fracos não têm vez, rá-tá-tá-tá.

Da mesma forma, meu espírito selvagem aflora cada vez que vejo uma placa avisando: sorria, você está sendo filmado! Sorrio nada. E quase viro um Hannibal Lecter quando passo por aquelas portas giratórias e intimidatórias dos bancos, onde revistam nossa bolsa como se vasculhassem nossa alma. Sei que são tempos difíceis e paranoicos, sei que todo esse aparato serve para identificar criminosos, mas cá entre nós: é uma praga essa histeria com segurança. Daqui a pouco essa vigilância insana vai se tornar mais desconfortável do que ser gentilmente assaltado.

23 de abril de 2008

DIFERENÇA DE NECESSIDADES

"Procedíamos de galáxias diferentes, como dois cometas que se cruzam efemeramente no espaço. Ele vinha da infância e nunca tivera uma parceira estável, queria me viver até me esgotar, queria que montássemos juntos uma casa, que sonhássemos um futuro, que nos enchêssemos de compromissos de eternidade até as orelhas. Eu provinha da fatigante travessia da idade madura e sabia que a eternidade sempre se acaba, e tanto mais cedo quanto mais eterna. E assim fui avarenta, me neguei a ele, afastei-o de mim. Quanto mais ele me exigia, mais me sentia asfixiada; e, quanto mais me regateava, mais ansiosamente ele queria me segurar. Dito isso, se ele se retirava, eu avançava, e então o perseguia e o exigia: porque o amor é um jogo perverso de vasos comunicantes."

Gastei bom pedaço da coluna transcrevendo esse parágrafo do excelente livro *A filha do canibal*, da espanhola Rosa Montero, pois eu não saberia descrever melhor a razão de tantos desencontros amorosos. O relato refere-se a um homem e uma mulher com alguma diferença de idade – ela é a mais velha, lógico, como tem se tornado comum hoje em dia. Muitas pessoas duvidam de que uma relação assim possa dar certo. Claro que pode. Tudo pode dar certo e tudo pode dar errado, e a idade nada tem a ver com isso, é apenas um detalhe na certidão de nascimento. O que transforma nossa vida amorosa num melodrama é a diferença de necessidades.

Aí não há casal que encontre seu ponto de apoio, seu eixo e seu futuro.

Um quer compromisso sério; para o outro, amar já é sério o suficiente. Um quer filhos, o outro nem em sonhos. Um quer uma casinha no meio do mato, o outro é curioso, precisa de informação, cinema, teatro, gente. Um valoriza a transa antes de tudo, o outro acha que conversar é importante também. Ao menos, os dois gostam de dançar.

Um quer se sentir o centro do universo, o outro quer incluí-lo no seu amplo universo. Um quer fugir da solidão, o outro aceita a solidão. Um não quer falar de suas dores, o outro pergunta demais. Um briga por amor, o outro silencia por amor. Os dois se amam, isso não se discute.

Um não precisa conhecer o mundo, o outro traz o mundo em si. Um é romântico para disfarçar a brutalidade, o outro é doce para despistar a secura. Um quer muito de tudo, o outro se contenta com o mínimo essencial. Nenhum dos dois liga pra dinheiro, mas o dinheiro quase sempre está no bolso de quem viveu mais. Um fica inseguro, o outro diz que nada disso importa, mas claro que importa.

Um quer que lhe deem atenção por 24 horas, o outro precisa que lhe esqueçam por uns instantes. Um quer aproveitar cada réstia de sol, o outro gostaria de dormir um pouco mais. Um gostaria de saber o que não sabe, o outro queria desaprender metade do que a vida lhe ensinou. Um precisa berrar, o outro chora.

Um quer ir embora e, ao mesmo tempo, não. O outro quer liberdade, mas a dois.

Então um se vai e deita em todas as camas, sofrendo. E o outro mergulha sozinho na dor, sobrevivendo.

Diferença de idade não existe. A necessidade secreta de cada um é que destrói ilusões e constrói o que está por vir.

4 de maio de 2008

O ÔNIBUS MÁGICO

Embriagada. Acho que essa é a palavra que resume como saí do cinema depois de assistir *Na natureza selvagem*, filme brilhantemente dirigido por Sean Penn, que conta a história de Christopher McCandless, um garoto americano de 23 anos que, depois de se formar, larga tudo e sai pelo mundo como um andarilho até chegar no Alasca, onde pretende levar às últimas consequências sua experiência de desprendimento, solidão e contato com a natureza. No meio do caminho, faz novos amigos e realiza trabalhos temporários, tudo isso em meio a um cenário mais que deslumbrante, e sob a trilha sonora de Eddie Vedder, vocalista do Pearl Jam.

Aconteceu de verdade. É a história real de Chris, mas poderia ser a história de muitos de nós – alguns que levaram esse sonho adiante anonimamemte e outros (a maioria) que nem chegaram a planejá-lo, mas que sonharam com isso. Quem de nós – os idealistas – não imaginou um dia viver em liberdade total, sem destino, sem compromisso, recebendo o que o dia traz, os desafios que vierem, em total desapego aos bens materiais e em comunhão absoluta com a natureza e as emoções? Só se você nunca teve vinte anos.

Chris, depois de muito trilhar pelas estradas, chega ao Alasca e encontra, em cima de uma montanha, a carcaça de um ônibus velho e abandonado, que ele logo trata de batizar de "ônibus mágico": faz dele seu lar. Ali ele dorme, escreve, lê, cozinha os animais que caça e vive plenamente a busca pela sua essência. É nesse lugar que consegue atingir um contato mais íntimo com o que ele é de verdade, até que um dia decide: ok, agora estou preparado para voltar, e quem viu o filme e leu o livro (sim, também há um livro) conhece o desfecho.

Esqueça-se o desfecho.

Fixemos nossa atenção no ônibus mágico que cada um traz dentro de si, ainda. Ao menos aqueles que não perderam o idealismo, o romantismo e a porra-louquice da juventude. Eu conservo o meu "ônibus" e estou certa de que você tem o seu. Porque, francamente, tem hora que cansa viver rodeado de arranha-céus, com trânsito congestionado, com pessoas óbvias, com conversas inúteis e estando tão distante de mares, lagos e montanhas. Todo dia a gente perde um pouquinho da nossa identidade por causa de medos padronizados e cobranças coletivas. Antes de descobrir qual é a nossa turma – seja a turma dos bem-sucedidos, dos descolados, dos espertos – é bom estar agarrado ao que nos define, e isso a gente só vai descobrir se estiver em contato com nossos sentimentos mais primitivos. Não é preciso ir ao Alasca, não é preciso radicalizar, mas manter-se fiel à nossa verdade já é meio caminho andado.

7 de maio de 2008

UM POEMA FILMADO

Eu recomendei, cerca de um mês atrás, a trilha sonora de *My Blueberry Nights*, que é excelente. Agora vi o filme, que no Brasil ganhou o nome de *Um beijo roubado*. É sobre o que, esse filme? Sobre absolutamente nada, a não ser a vida, essa que passa pela nossa janela sem roteiro, sem diálogos geniais, simplesmente a vida que nos convida: vai ou fica?

Ela, a vida, essa que nos faz entrar em bares suspeitos, chorar de amor, espiar pelas frestas, pegar no sono em cima do balcão depois de beber demais. É noite escura e a gente sofre calado, deixa a conta pendurada, bebe de novo quando havia prometido parar e morre – morre mesmo! – de ciúmes sem ter tido tempo de saber que éramos amados.

A vida e nossos vícios, nossas perdas, nossos encontros: quanto mais nos relacionamos com os outros, mais conhecemos a nós mesmos, e é uma boa surpresa descobrir que, afinal, gostamos de quem a gente é, e quando isso acontece fica mais fácil voltar ao nosso local de origem, onde tudo começou.

A vida e a espera por um telefonema, a vida e seus blefes, e nosso cansaço, e nossos sonhos, e a rotina e as trivialidades, e tudo aquilo que parecerá sem graça se ninguém colocar um pouco de poesia no olhar. A vida e suas pessoas belas, feias, fortes, fracas, normais. Todas atrás da chave: aquela que abrirá novas portas, velhas portas, a chave que nos fará ter o controle da situação – mas queremos mesmo ter o controle da situação? Não será responsabilidade demais? Deixar a chave nas mãos do destino é uma opção.

Os sinais fecham, os sinais abrem. Você segue adiante, você freia. A gente atravessa a rua e vai parar em outro mundo, basta dar os primeiros passos. Viaja para esquecer, viaja para descobrir, e alguém fica parado no mesmo lugar, aguardando (quando pequeno, sua mãe lhe ensinou que, ao se perder na multidão, não é bom ficar ziguezagueando, melhor manter-se parado no mesmo lugar, aí fica mais fácil ser encontrado). Muitos estão parados no mesmo lugar, torcendo para serem descobertos.

A vida como uma estrada sem rumo, a vida e seus sabores compartilhados, um beijo também é compartilhar um sabor.

Afinal, vou ou não vou falar sobre o filme? Contei-o de cabo a rabo. Vá com poesia no olhar.

25 de maio de 2008

OS OLHOS DA CARA

Recentemente participei de um evento profissional só para o público feminino. Era um bate-papo com uma plateia composta de umas 250 mulheres de todas as raças, credos e idades. Principalmente idades. Lá pelas tantas fui questionada sobre a minha, e, como não me envergonho dela, respondi. Foi um momento inesquecível. A plateia inteira fez um "Oooohh" de descrédito. E quando eu disse que, até aqui, ainda não enfiei uma única agulha no rosto ou no corpo, foi mais emocionante ainda: "Oooooooooooooooohhhhhh". Aí fiquei pensando: pô, estou neste auditório há quase uma hora exibindo minha incrível e sensacional inteligência, e a única coisa que provocou uma reação calorosa na mulherada foi o fato de eu não aparentar a idade que tenho. Onde é que nós estamos?

Onde não sei, mas estamos correndo atrás de algo caquético chamado "juventude eterna". Estão todos em busca da reversão do tempo, e com sucesso: quanto mais ele passa, mais moços ficamos. Ok, acho ótimo, porque decrepitude também não é meu sonho de consumo, mas cirurgias estéticas não dão conta desse assunto sozinhas. Há um outro truque que faz com que continuemos a ser chamadas de senhoritas mesmo em idade avançada. A fonte da juventude chama-se mudança. Eu sei disso, você sabe, e a escritora Betty Milan também, tanto que enfatizou essa frase em seu mais recente livro, *Quando*

Paris cintila. De fato, quem é escravo da repetição está condenado a virar cadáver antes da hora. A única maneira de sermos idosos sem envelhecer é não nos opormos a novos comportamentos, é ter disposição para guinadas. É assim que se morre jovem, sem precisar termos o mesmo destino de um James Dean ou de uma Marilyn Monroe. Eu pretendo morrer jovem aos 120 anos.

Mudança, o que vem a ser tal coisa?

Minha mãe recentemente se mudou do apartamento em que morou a vida toda para um bem menorzinho. Teve que vender e doar mais da metade dos móveis e tranqueiras que havia guardado e, mesmo tendo feito isso com certa dor, ao conquistar uma vida mais compacta e simplificada, rejuvenesceu. Uma amiga casada há 38 anos cansou das galinhagens do marido e o mandou passear, sem temer ficar sozinha aos 65 anos de idade. Rejuvenesceu. Uma outra cansou da pauleira urbana e trocou um ótimo emprego em Porto Alegre por um não tão bom, só que em Florianópolis, onde ela caminha na beira da praia todas as manhãs. Rejuvenesceu.

Toda mudança cobra um alto preço emocional. Antes de tomar uma decisão difícil, e durante a tomada, chora-se muito, os questionamentos são inúmeros, a vida se desestabiliza. Mas então chega o depois, a coisa feita, e aí a recompensa fica escancarada na face.

Mudanças fazem milagres por nossos olhos, e é no olhar que se percebe a tal juventude eterna. Um olhar opaco pode ser puxado e repuxado por um cirurgião a ponto de as rugas sumirem, só que continuará opaco, porque não existe plástica que resgate seu brilho. Quem dá brilho ao nosso olhar é a vida que a gente optou por levar. Um olhar iluminado, vivo e sagaz impede que a pessoa envelheça. Olhe-se no espelho. Você tem um olhar de quem estaria disposta a cometer loucuras? Tem que ter.

E aí pode abrir o jogo, contar a verdade: tenho 39, 46, 57, 78 anos! Ooooooohhhhh. Uma guria.

1º de junho de 2008

ABSOLVENDO O AMOR

Duas historinhas que envolvem o amor.

A primeira: uma mulher namora um príncipe encantado por três meses e então descobre que ele não é príncipe coisa nenhuma, e sim um bobalhão que não soube equalizar as diferenças e sumiu no mundo sem se despedir. Mais um, segundo ela. São todos assim, os homens. Ela resmunga: "Não dá mesmo para acreditar no amor".

Peraí. Por que o amor tem que levar a culpa desses desencontros? Que a princesa não acredite mais no Pedro, no Paulo ou no Pafúncio, vá lá, mas responsabilizar o amor pelo fim de uma relação e a partir daí não querer mais se envolver com ninguém é preguiça de continuar tentando. Não foi o amor que caiu fora. Aliás, ele talvez nem tenha entrado nessa história. Quando entra, é para contribuir, para apimentar, para fazer feliz. Se o relacionamento não dá certo, ou dá certo por um determinado tempo e depois acaba, o amor merece um aperto de mãos, um muito obrigada e até a próxima. Fique com o cartão dele, você vai chamá-lo de novo, vai precisar de seus serviços, esteja certa. Dispense namorados, mas não dispense o amor, porque esse estará sempre a postos. Viver sem amor por uns tempos é normal. Viver sem amor pra sempre é azar ou incompetência. Só não pode ser uma escolha, nunca. Escolher não amar é suicídio simbólico, é não ter razão pra existir. Não adianta querer compensar com amor pelos amigos, filhos e cachorros, não é com eles que você fica de mãos dadas no cinema.

Segunda história: uma mulher ama profundamente um homem e é por ele amada da mesma forma, os dois dormem embolados e se gostam de uma maneira quase indecente, de tão certo que dá a relação. Tudo funciona como um relógio que ora atrasa, ora adianta, mas não para, um tiquetaque excitante que ela não divulga para as amigas, não espalha, adivinhe por quê: culpa. Morre de culpa desse amor que funciona, desse amor que é desacreditado em matérias de jornal e em pesquisas, desse amor que deram como morto e enterrado, mas que na casa dela vive cheio de gás e que ameaça ser eterno. Culpa, a pobre mulher sente, e mais: sente medo. Nem sabe de que, mas sente. Medo de não merecê-lo, medo de perdê-lo, medo do dia seguinte, medo das estatísticas, medo dos exemplos das outras mulheres, daquela mulher lá do início do texto, por exemplo, que se iludiu com mais um bobalhão que desapareceu sem deixar rastro – ou bobalhona foi ela, nunca se sabe. Mas o fato é que terminou o amor da mulher lá do início do texto, enquanto que essa mulher de fim de texto, essa criatura feliz e apaixonada é ao mesmo tempo infeliz e temerosa porque teve a sorte de ser premiada com aquilo que tanta gente busca e pouco encontra: o tal amor como se sonha.

Uma mulher infeliz por ter amor de menos, outra, infeliz por ter amor demais, e o amor injustamente crucificado por ambas. Coitado do amor, é sempre acusado de provocar dor, quando deveria ser reverenciado simplesmente por ter acontecido em nossa vida, mesmo que sua passagem tenha sido breve. E se não foi, se permaneceu em nossa vida, aí é o luxo supremo. Qualquer amor merece nossa total indulgência, porque quem costuma estragar tudo, caríssimos, não é ele, somos nós.

8 de junho de 2008

A GAROTA DA ESTRADA

Basta entrar na estrada e ela vira uma pessoa diferente. Coloca a música que mais gosta, abre a janela do carro e pensa, com um sorriso indisfarçado: "Estou deixando pra trás aquela outra". No porta-malas, uma sacola com as roupas que a outra não usa durante a semana – tênis, um jeans surrado, umas camisetas e um biquíni. Seu iPod. Sua câmera fotográfica. Um livro ou dois, porque é preciso terminar a leitura que aquela outra começou, mas nunca tem tempo para concluir. Palavras cruzadas, um vício que ela não conta pra ninguém. Uma garrafa de champanhe, porque na pousada pode não ter. E ela está ao lado do amor da sua vida, coisa que a outra não consegue dar valor, já que é tão atarefada.

Ao passar por cada placa de sinalização, mais distante ela fica da sua cidade e mais perto de si mesma. Os assuntos durante o trajeto? Os mais bobos, os mais sérios, mas nada discutido com pressa e nem com necessidade de conclusão, a única regra é não deixar de se divertir. Não é todo dia que se sai de férias, mesmo que durem apenas 48 horas de um final de semana. Não são férias de julho nem férias de verão: férias da outra!

Pelo espelho retrovisor lateral, ela percebe que está sem batom. Ora, ele vai beijá-la de novo daqui a dez minutos, nem vale a pena retocar. Claro que ela levou o batom: está indo para um recanto secreto, mas não perdeu o juízo. Deixou na casa da outra as sombras, bases, esfoliantes, mas o batom e o secador, isso ela não consegue abandonar. Não tem mais quinze anos.

Também não tem mais dezoito, nem vinte, nem trinta. Mas quem é que consegue convencê-la de que não é mais uma garota? Aquela outra, a que ficou, bem que tenta. Abre a agenda e mostra todos os compromissos marcados. Avisa que a geladeira está vazia. Coloca sobre a mesa todas as contas pra pagar. Abre o site do banco e analisa seu extrato. Traz à tona as encrencas da família, os problemas dos filhos. Marca hora no médico. E, cruel, se posiciona na frente de um espelho muito maior do que um retrovisor de carro e pergunta à queima-roupa: é uma garota que você está enxergando na sua frente? Uma tentativa de aniquilamento, mas felizmente malsucedida.

Ela lembra disso tudo enquanto está na estrada e pensa: a outra tem razão, alguém tem que trabalhar, pagar as contas, cumprir a agenda, dar ordens, receber ordens, ser responsável. Mas não todo dia, não toda a vida. Aquela lá, a que ficou, é uma mulher confiável, é uma mulher de olho no relógio e no calendário, uma mulher cumpridora do que esperam dela. Mas ela não pode estar no controle o tempo todo, ela tem que permitir que eu escape dessa organização de vez em quando, que eu busque a alegria sem hora marcada, o descomprometimento total, que eu fique à toa desde a hora de acordar até a hora de dormir, um dia inteiro, dois dias inteiros. Ela tem que aceitar e até mesmo incentivar que eu pegue essa estrada e a deixe de lado, que eu faça isso sem culpa, que eu faça isso por ela.

Eu, a garota dentro dela.

13 de julho de 2008

lepmeditores

www.lpm.com.br
o site que conta tudo

IMPRESSÃO:

PALLOTTI
GRÁFICA

Santa Maria - RS | Fone: (55) 3220.4500
www.graficapallotti.com.br